Christine Le Dérout

Les pilleurs d'épaves

Illustrations originales

de Joël Legars

LOCUS SOLUS

Julien

Théo

Jeanne

Ian

Vincent

À ma grand-mère, Yvonne.

Chapitre 1

Le voyage en voiture

Le beau temps est de la partie en cette matinée du mois d'août. Le soleil monte vers le zénith et les températures tournent autour de 23 °C, ce qui est très correct pour le Finistère.

Le monospace, lourdement chargé, roule à petite allure sur la voie express qui relie Quimper à Concarneau. La circulation est dense en ce samedi matin, jour des départs et arrivées des touristes.

Philippe conduit prudemment car il transporte quatre ados, quatre vélos et tout autant de bagages.

— Yeah ! Ça sent bon les vacances ! lance Théo tout excité à ses amis.

Il a convié ses copains de toujours, Julien, Vincent et Jeanne, à venir passer une dizaine de jours de vacances au bord de la mer à Concarneau, chez ses grands-parents.

Pour finir le parcours, Philippe sort de la voie express et emprunte la « route des plages ». La voiture longe la côte, des sables blancs jusqu'à la plage de la cale.

— **Waouh** ! Il y a déjà du monde à la plage, constate Jeanne.

— Cool ! Il y a plein de rochers ! On pourra s'en servir de plongeoir pour se baigner, rétorque Vincent.

— C'est vraiment beau. Je sens qu'on va bien s'amuser, ajoute Julien.

— Oh regardez, y a un marchand de glace ! se réjouit Vincent.

Jeanne, Julien et Théo se jettent un regard complice. La gourmandise de Vincent n'est un secret pour personne. « Pétochard » et « glouton » sont les deux surnoms que ses trois amis lui ont donnés. Vincent, alias Vince, est souvent réticent à se lancer dans une aventure, mais il finit toujours par suivre le groupe avec la promesse d'un bon goûter ensuite.

— On ne va pas tarder à arriver. Soyez prudents lors de vos vacances. Pas de prises de risque inutiles. Je m'adresse surtout à toi Théo ! lance Philippe à son fils.

Philippe connaît bien le caractère aventureux et impulsif de son fils, qui peut le mener à des situations plus que cocasses.

— Oui, ne t'inquiète pas Papa ! Tu peux compter sur moi ! répond Théo d'un air malicieux, comme à son habitude.

Au même moment, les infos de 11 heures annoncent les nouvelles : *« Évasion spectaculaire à la prison de Fleury-Mérogis d'un célèbre receleur international d'objets précieux : Claude La Perche... La police a mis en place des barrages dans les départements voisins... Quitter le territoire... »*

— J'espère qu'ils vont l'arrêter vite fait ce voleur, car mes parents sont partis à Paris voir une expo, s'inquiète Vincent.

Les trois autres se mettent à rire aux éclats.

— C'est grand, Paris ! Ne t'inquiète pas. Tes parents n'ont aucune chance de rencontrer ce voleur. Il va vite prendre la poudre d'escampette vers la province ou l'étranger. À ce que je vois, toujours aussi « pétochard » notre Vince ! se moque Jeanne.

— Avec vous rien n'est jamais dangereux. Il n'y a pas si longtemps lors de l'Open[1], tu ne faisais pas ton malin Théo ! rétorque Vincent pour se défendre.

— Il n'a pas tort, renchérissent Jeanne et Julien.

— Allez, Vince ! Raconte-nous une de tes blagues, demande Théo pour déjouer la conversation.

— Attends... Je réfléchis. J'en ai une de circonstance : Riri demande à Loulou s'il a lavé le poisson avant de le cuire. Alors Loulou répond : « Ce n'est pas la peine, tu sais bien qu'il a passé toute sa vie dans l'eau ! »

---

1. Cf. *Complot sur l'Open* qui relate les précédentes aventures des héros.

Tous se mettent à rigoler de bon cœur, même Philippe : Vince et ses blagues, toute une histoire. Depuis ses 7 ans, il les consigne toutes sur un cahier d'écolier. À l'occasion, il en raconte une.

La voiture passe devant la magnifique ville close de Concarneau, citée fortifié des XVe et XVIe siècles et remaniée au XIXe siècle.

— Le monde ! C'est bondé de touristes ! s'exclame Jeanne.

— Normal, la ville close est superbe, elle vaut vraiment le détour, explique Théo.

— Ça va être notre terrain de jeu. On va pouvoir aller s'amuser sur les remparts.

— Bonne idée, rétorque Julien. J'organiserai une chasse aux trésors dans les ruelles étroites et sur les remparts de la ville close.

Julien est le plus réfléchi et le plus posé de la bande. Il aime organiser et planifier les événements. Malgré tout, il n'est jamais le dernier pour s'amuser.

— Oui, ben… Pas trop difficile et casse-cou, ton jeu de piste ! grommèle Vince.

Le monospace familial roule sur l'avenue principale puis tourne à droite pour emprunter la rue Dupetit-Thouars. La voiture s'arrête devant le numéro 15, chez Georges et Yvonne Honoré, les grands-parents de Théo. La maison est une bâtisse typique de la ville, sur trois niveaux. Le bâtiment possède un garage attenant et une petite cour extérieure à l'arrière de la maison.

Georges était mareyeur à la criée de Concarneau pendant plus de 40 ans. C'est un homme instruit et très à cheval sur les principes fondamentaux d'éducation. Il est particulièrement exigeant et peut être dur si on déroge à la politesse. Théo a l'habitude d'être sur ses gardes quand il s'exprime pour éviter de faire une faute de français et d'être repris systématiquement... Le grand-père est tout de même très affectueux avec son petit-fils.

Yvonne est une femme au foyer qui a élevé six enfants. Une crème de mamie... Elle est douce et joyeuse. C'est une femme robuste, élégante, dotée d'un beau visage aux traits fins qui laisse deviner la superbe femme qu'elle a été dans sa jeunesse. Elle est douée en cuisine et sait concocter de bons petits plats.

La grand-mère de Théo vient ouvrir la porte avec un large sourire. Elle est toute bronzée et dégage une douce odeur de monoï. Elle serre dans ses bras son petit-fils et l'embrasse sur les deux joues avant d'aller saluer son gendre. Puis, elle s'adresse aux trois autres ados.

— Bonjour les jeunes ! Bienvenue dans ma maison.

— Mamie, je te présente Jeanne, Julien et Vincent.

— Enchantée ! On fera plus ample connaissance pendant les vacances. Allez, suivez-moi, vous devez avoir soif, je vais vous servir un rafraîchissement avant que vous ne déchargiez le véhicule.

La petite troupe franchit la porte, longe un petit couloir pour emprunter des escaliers qui mènent au premier étage, où se trouvent les lieux de vie : cuisine, salon, salle à manger, salle de bains et la chambre des grands-parents.

Yvonne les emmène directement dans la cuisine où les attendent, posés sur la table, des verres et des bouteilles de soda.

— Allez, servez-vous les jeunes !

— Merci Mamie.

Plus un bruit. Chacun boit son verre goulûment. Les lèvres restent accrochées aux verres et les yeux se baladent dans la pièce pour scruter les moindres détails.

Une des portes de la cuisine est grande ouverte et donne sur une petite cour où sèche du linge étendu sur deux longs fils. On entend les gazouillis des hirondelles qui tournent et virevoltent dans la rue.

— Vous allez être bien ici ! Tout l'étage est pour vous. Chacun a sa chambre, explique Yvonne aux enfants.

Après avoir déchargé le véhicule et installé les enfants, Philippe s'apprête à rentrer. Il embrasse les ados et réitère ses mises en garde à l'encontre de la bande de copains.

— T'inquiète, papa ! J'ai mon tél. S'il arrive quoi que ce soit, je te préviens.

— Ok ! Bisou, à dans dix jours, dit Philippe.

— Que fait-on cet après-midi ? demande Julien.

— On va se baigner ?

— Superbe idée, Théo ! On y va à vélo ? propose Jeanne.

Les copains préparent leurs sacs à dos, enfilent leur maillot et sont tous prêts à enfourcher leur VTT.

Chapitre 2

Le rocher blanc

L'équipe descend la rue Dupetit-Thouars en file indienne, Théo en tête, et prend le sentier de l'ancienne voie de chemin de fer de Concarneau, réhabilitée en chemin de promenade pour vélo et piéton.

Ils pédalent tous assez vite quand, dans une longue ligne droite, Julien pique un sprint et double tout le monde. Les trois autres le prennent en chasse et accélèrent à leur tour. Une course-poursuite s'engage... Aucun ne laisse sa chance lui échapper. Ils sont tous au coude à coude lorsque Julien donne un coup de pédale plus fort et passe la ligne d'arrivée imaginaire en vainqueur.

— Ouais ! lance Julien les bras en l'air en signe de victoire, tout en continuant de pédaler.

— C'est de la triche ! Tu as vu comme tu as de longues jambes ? Ça aide ! dit Vince pour sa défense.

— Tu n'avais qu'à manger plus de soupe au lieu de gâteaux quand tu étais petit.

— Petit malin... Je prends ma revanche au tennis demain, lance Vince

— Ok ! Je relève le défi, ricane Julien, qui sait que Vince est imbattable au tennis.

Ils arrivent près de la cale qui jouxte la plage et s'arrêtent pour observer le flot de bateaux à moteurs et de voiliers qui partent en direction de l'archipel de Glénan.

— **Waouh** ! J'aimerais bien faire du bateau, s'exclame Jeanne.

— On pourrait passer une journée aux îles Glénan. Il y a des navettes tous les jours au départ de Concarneau.

— Bonne idée Théo. Il faut organiser ça.

L'équipe roule jusqu'à la petite cale qui descend sur la plage située en pleine ville de Concarneau. Ils s'arrêtent et alignent leurs vélos les uns sur les autres contre le mur. Ils passent leurs cadenas et se mettent en quête d'un petit coin tranquille sur la plage.

— On peut se mettre sous les arcades de la corniche, comme ça, on sera à l'abri des regards.

Les garçons suivent Jeanne sans broncher. Ils déposent leurs sacs, étalent leurs serviettes et se mettent en maillot de bain. Ils finissent par se tartiner de crème solaire. Chacun aide l'autre pour le dos.

— C'est sympa comme plage ici. Il y a des rochers et on voit tous les bateaux sortir du port, constate Julien.

— C'est la plage de ma mamie. J'y viens depuis que je suis petit. Vous voyez le grand rocher sur votre droite ? Mais si, là, au loin, celui qui a de la peinture blanche sur son sommet.

— Oui, il est assez loin, constate Vincent.

— Normal, on est à marée haute ! Dans deux heures, il paraîtra plus près car la marée descend. Petit, je m'étais donné comme objectif d'y aller à la nage.

— Et tu l'as fait ? interroge Jeanne.

— Oui ! Mais sans le dire à ma grand-mère... Elle m'a cherché partout et quand je lui ai dit où j'étais... J'ai pris l'engueulade de ma vie, les mecs ! Je ne suis pas près de l'oublier !

— Ha ha... Le début des bêtises et de l'insouciance de notre Théo, ricane Julien.

— Depuis, ils se sont habitués à tes coups d'éclat ! balance Vince.

— Ouais... On peut dira ça.

— Alors, on y va sur ce rocher ? propose Jeanne.

— Bonne idée ! Et pour corser l'affaire, on n'attend pas la marée basse, répond Théo.

Les quatre amis rangent leurs tubes de crème solaire, se checkent les poings et se dirigent vers l'eau.

— **Whaa** ! Elle est froide ! crie Jeanne.

— Question d'habitude, répond Théo en faisant son petit malin et en plongeant directement dans la mer.

— Elle doit être aux environs de 18 °C, dit Julien.

Vince observe les lieux. Le grand rocher blanc émerge de l'eau à près de 200 mètres du bord. Mais une longue avancée de rochers vers la droite de la plage se rapproche de ce point... Plus facile de marcher que de nager jusque-là.

— Les mecs, je vais vous suivre en longeant les rochers. Je n'aime pas trop l'eau et les algues me font flipper, explique Vince.

— Comme tu veux. Mais pour nous rejoindre sur le grand rocher blanc, tu seras bien obligé de te mettre à l'eau, quand tu seras arrivé en face.

— Oui, je vais faire ça, répond Vince.

Après quelques minutes à chahuter dans l'eau pour habituer leurs corps à la fraîcheur de l'océan, Julien, Jeanne et Théo s'élancent à la nage en direction du fameux rocher.

— Vous avez vu les gars, quand on nage au-dessus des algues, la température de l'eau est meilleure, constate Jeanne.

— Oui, bizarre. Il faudrait demander au prof de SVT de nous expliquer pourquoi, répond Julien très intéressé par la matière.

— Ouf, on y est presque. C'est assez loin quand même !

— Allez ! Encore quelques brasses et c'est bon.

Le premier à monter sur le rocher est Julien, suivi de Théo et Jeanne. Ils grimpent au sommet et s'assoient.

Ils aperçoivent, à 100 m derrière eux, Vince qui s'apprête à se jeter à l'eau.

Les trois lui crient en même temps : « Allez ! Vas-y ! »

Vincent se jette à l'eau : « **Brrr**… C'est glacé ! » Et progresse petit à petit vers ses amis.

— Fais gaffe Vince, un requin ! crie Théo pour mettre la frousse à son copain.

— Arrête Théo ! T'es chiant ! répond Vincent qui peine par moments à lutter contre le courant de la marée descendante.

Il finit enfin par rejoindre ses copains au sommet du rocher.

— Nous sommes les rois du monde ! s'exclame-t-il, fier de son exploit.

L'équipe de potes reste assise un long moment à contempler les bateaux sortir et rentrer du port de Concarneau. La flottille est très diverse : bateaux rigides à moteur, voiliers, pneumatiques, petits côtiers, chalutiers…

— Dites, les mecs, j'ai pensé à un truc à notre sujet…

— Oh la, la ! Je crains le pire venant de Jeanne, se moque Théo.

— **Gna, gna, gna**… lui répond-elle en grimaçant. Voici mon idée : j'ai pensé que ce serait trop bien de nous trouver un nom de code. Quelque chose auquel on pourrait se référer tous les quatre pour nos enquêtes.

— Tu veux dire une appellation secrète, qu'on serait les seuls à connaître ?

— Oui, mais pas seulement, c'est surtout pour souder notre groupe, qu'on se souvienne de notre signature commune en quelque sorte.

— Géniale ton idée, Jeanne ! lâche Julien, mais quel nom allons-nous bien pouvoir trouver ? C'est pas évident de penser à quelque chose qui sonne bien, qui claque quand on le prononce, qui en même temps nous ressemble et qui...

— ... les 4.Sets !

— Quoi, qu'est-ce que tu as dit ? Les « cats 7 », ça veut rien dire.

— Mais non, les « quatre sets », comme au tennis. Mais avec un point entre le chiffre 4 et le mot Sets : les 4.Sets !

— Ça y est j'ai pigé, c'est à cause du tennis, parce qu'on y joue tous. Ça c'est trop fort, tu y avais donc déjà réfléchi, siffle Vince admiratif.

— Bon, on vote, propose Julien : qui est pour qu'on se fasse appeler les 4.Sets ?

Les mains se lèvent toutes avec fierté. Les quatre amis sont ravis de cette idée novatrice. Ils se lèvent, checkent et crient le plus fort possible vers le large :

— Les 4.Sets sont nés ! Vivent les 4.Sets !

— Et ce rocher blanc deviendra le symbole de notre union, décrète Théo.

Après un bon moment passé sur la cime du rocher à observer la mer en scrutant l'horizon au son des cris des mouettes, l'équipée prend le chemin du retour. La mer est bien descendue, ce qui va faciliter la tâche de nos quatre nageurs.

— On fait la course entre les deux rochers ? Il y a à peine 30 mètres, demande Théo.

— D'accord, mais on donne le départ quand tout le monde est dans l'eau, précise Jeanne.

— Non, on part en plongeant du rocher ! Je donne le départ. Tout le monde est prêt ? Allez... 3, 2, 1 ! Go ! décompte Julien.

Les quatre ados sautent dans l'eau et nagent le plus vite possible pour rejoindre la rive d'en face. Théo est légèrement devant, talonné par Jeanne et Julien. Vince est largué. Il finit sur le dos, en palmant des pieds pour avancer. Les trois autres sont au coude à coude. Les battements de leurs pieds sur l'eau les font disparaître sous l'écume qu'ils créent. C'est Jeanne qui arrive la première sur la rive d'en face.

— Gagné, les gars ! lance-t-elle le poing levé.

— Bien joué, répond Théo.

Vincent arrive tranquillement le dernier, sous les regards goguenards des trois autres.

— Bon les amis, histoire que je retrouve un peu d'amour-propre, ça vous dirait une partie de tennis en soirée ?

— On peut faire ça. On rentre chez Mamie se changer et récupérer nos raquettes et on file au Porzou taper la balle.

— Ça marche ! On se change, on goûte et on y va, conclut Vince.

Les quatre moussaillons récupèrent leurs VTT et prennent la route qui longe la mer et le port de plaisance pour rentrer rue Dupetit-Thouars.

Chapitre 3

Une étrange rencontre

À peine vérifié par téléphone qu'il reste des terrains de tennis libres, ils remontent aussitôt sur leur vélo direction le Porzou. Ils empruntent l'avenue de la gare et doivent traverser la ville close. Il y a tellement de monde à cette heure de la journée, que les quatre jeunes sont obligés de descendre de leurs vélos et de continuer à pied en poussant les deux-roues à travers les ruelles étroites.

Les vacanciers se baladent et regardent les différentes vitrines qui vendent toutes la même chose : produits bretons ou articles de piraterie. Les uns escaladent les remparts, tandis que d'autres dégustent des glaces maison ou des spécialités bretonnes. Les terrasses des nombreuses crêperies sont bondées en cette fin d'après-midi. On y déguste des crêpes sucrées accompagnées de bolées de cidre ou de jus de pomme.

Les mouettes s'en donnent à cœur joie, elles crient au-dessus de la ville en lâchant de temps en temps sur les badauds surpris des missiles blancs appelés « fientes »...

— On n'a pas le temps de s'arrêter manger une crêpe au chocolat ? demande Vince, alléché par le spectacle des crêpes dans les assiettes le long du parcours.

— Désolé Vince. Pas cette fois-ci. On reviendra.

Théo fait passer ses amis par des chemins détournés que les touristes empruntent peu, sans boutiques ou autres attraits touristiques à part les maisons basses, typiques des rares habitants de la ville fortifiée.

Ils arrivent enfin à la porte d'embarquement pour prendre le bac, petit bateau qui traverse depuis des siècles les deux cents mètres de mer qui séparent la ville close de l'autre rive : le passage Lanriec. La traversée est payante, mais très modérée. Le bac fait des va-et-vient toute la journée jusqu'à tard le soir. C'est la plus petite croisière du monde : elle dure cinq minutes.

Les ados embarquent leurs vélos et s'assoient sur les bancs rustiques de ce petit bateau de bois. Le rafiot laisse échapper une épaisse fumée à l'odeur de gazole, qui fait tousser nos jeunes amis.

— C'est marrant de prendre ce petit bateau pour aller jouer au tennis, s'exclame Julien.

— J'adore ! On a l'impression de partir en expédition, répond Jeanne.

— Par contre, il faudrait qu'ils pensent à remplacer leur vieux bateau par un autre qui ne crache pas comme une baleine qui fume, plaisante Vince.

— C'est en projet, pour l'année prochaine : un bateau électrique ! J'ai entendu mon père en parler, déclare Théo. En même temps celui-ci a du charme...

Arrivés au passage Lanriec, ils débarquent leurs VTT, les enfourchent et passent devant la statue du capitaine de vaisseau Abraham Duquesne, installée face au large, en bordure du chenal. Il surveille l'entrée du port de Concarneau depuis des décennies.

Puis, ils empruntent le magnifique chemin des douaniers. Un sentier étroit surplombant la mer, les rochers, de petites plages et la côte découpée. Deux kilomètres les séparent des terrains de tennis du Porzou.

— **Waouh** c'est magnifique ! s'exclame Jeanne.

— Il faut juste faire attention de ne pas tomber dans la mer, rigole Vince.

Les 4.Sets pédalent à toute vitesse sur ce sentier tortueux, ralentissant la cadence à chaque piéton croisé. Ils passent devant de petites criques où des personnes profitent encore du doux soleil de fin d'après-midi. Ils traversent le parc du Porzou et donnent les derniers coups de pédale pour arriver au tennis-club de Concarneau.

Ils rangent leurs vélos dans l'enceinte du club et se dirigent vers l'entrée.

— C'est sympa ici !

— Oui, les terrains sont en bon état et on aperçoit la mer entre les pins.

Ils s'approchent d'une cabane en bois où une jeune fille tient la permanence pour renseigner et réserver les courts.

— Bonjour ! Nous avons réservé deux courts pour 17 h 30, dit Julien.

— Oui, répond la jeune fille, prénommée Pauline d'après son badge. Vous avez les courts numéros 4 et 5.

— Merci, répond Julien.

— Pour commencer, je m'entraîne avec Vincent et dans 30 minutes on se fait un double, propose Théo. Ça vous va ?

— Non, on fera le double demain car j'ai une revanche à prendre sur Julien. Il a gagné la course de vélo et j'ai terminé dernier à la natation. Alors je veux montrer qui est le boss sur les courts de tennis ! répond Vince arborant un malicieux sourire.

— Ok, pas de souci Vince ! Attends-toi à prendre une déculottée, répond Julien sans trop d'espoir de gagner.

C'est grâce à leur passion commune pour le tennis que les 4.Sets se sont connus. Ils ont tous été inscrits, dès l'âge de cinq ans, par leurs parents au mini-tennis. Pendant longtemps, ils ont fréquenté les mêmes courts et les mêmes équipes, mais rapidement, Vince et Théo se sont détachés du groupe par leur niveau supérieur. Malgré tout, ils sont restés tous les quatre inséparables. De plus, ils fréquentent la même école depuis la maternelle.

— On part sur un match en un set et en bon prince, je te laisse deux jeux d'avance ! propose Vince.

— Monsieur est trop bon !

Jeanne et Théo ont pris place sur le court d'à côté et vont aussi faire un match pour se départager. Mais là, pas de points d'avance car Jeanne n'aime pas les faveurs.

Le match de Vince et Julien est bien engagé, sans surprise, le plus expérimenté a pris en 20 minutes le large au niveau du score. L'ambiance est à la rigolade.

— Balle, jeu, set et match, annonce Vince. Qui est le champion ?

— OK je m'incline ! répond Julien en serrant la main du vainqueur.

Le match des deux autres est plus serré. Théo mène de quelques points. Jeanne est concentrée à son maximum. Après quelques échanges, le verdict tombe :

— Gagné ! crie Théo en levant les bras en l'air.

Les quatre amis s'assoient sur le même banc, le temps de se désaltérer, changer de tee-shirt et de parler des points du match.

— On se fait un double demain ? propose Jeanne.

— Bonne idée, on n'a qu'à réserver en partant auprès de la fille, répond Julien.

— **Ha** ! Notre Juju aurait-il flashé sur le charme de la jolie Pauline ? s'exclame Théo pour le taquiner.

Julien devient rouge de timidité :

— N'importe quoi ! Théo... va ramasser les balles au lieu de dire des bêtises.

Les deux autres fixent Julien, mal à l'aise, et se mettent à rigoler en lançant de l'huile sur le feu.

— Elle est trop vieille pour toi Julien, elle a au moins 17 ans !

— Ha Ha ! Tu dis ça parce que tu es jalouse, Jeanne ! Hein ? lance Théo.

— **Pfff**... N'importe quoi les mecs. Par moments, vous êtes de vrais gamins. Allez, on y va !

Ils ramassent leurs affaires et se dirigent en chahutant vers l'accueil afin de réserver un court pour le lendemain matin. Julien s'occupe de la réservation auprès de Pauline, sous le regard scrutateur de ses amis.

Ils montent sur leurs vélos et prennent le chemin inverse. Ils passent par le parc du Porzou, où l'on trouve une des plus belles vues sur la baie et sur les plages du Cabellou. C'est un des lieux les plus prisés de la ville. Ils s'arrêtent sur un point de vue, pour regarder les bateaux rentrer au port.

— Il n'y a plus personne sur la plage du Porzou, constate Jeanne.

— Non. La petite brise marine les a fait fuir.

— Au contraire Julien, regarde : il y a trois personnes qui descendent sur la plage, remarque Vince. Ils vont se baigner ?

— Je ne sais pas, mais ils sont lourdement chargés... On dirait qu'ils transportent des bouteilles de plongée.

Les jeunes restent observer quelques minutes ce drôle de petit groupe : deux hommes et une femme. L'un des hommes, très grand et mince, porte une queue-de-cheval et une casquette de marin. L'autre homme ressemble à une grosse brute. Il est petit, râblé et tatoué partout sur les bras et les jambes. La femme est grande, mince et a une longue chevelure rousse. Chacun porte un énorme sac à dos et a les bras lourdement chargés. Les trois silhouettes ne semblent pas sereines. Elles passent leur temps à observer les alentours et marchent vite.

— **Hum**... des gens bizarres, lance Vince.

— Allons voir ! propose Julien.

Ils remontent sur leurs VTT et descendent sur la plage du Porzou. Mais là, plus personne ! Les trois individus ont disparu.

— Ce n'est pas possible ! Il n'y a pas d'autre moyen pour quitter la plage que l'accès que nous avons pris.

— Ils sont peut-être montés dans un bateau et partis tout de suite, explique Jeanne.

— Tu as vu un bateau quelque part toi ? Et on n'entend aucun bruit de moteur, répond Théo.

— Ils n'ont pas eu le temps de plonger, ils étaient trop chargés pour disparaître comme ça, analyse Julien.

— Ils sont peut-être à l'intérieur de la petite bâtisse en ruine qu'il y a au bout de la plage ?

— Non, pas possible Vince, je la connais. On peut à peine y tenir à deux, répond Théo.

— Vraiment étrange !

Jeanne, Julien, Théo et Vince restent sans explication devant la disparition mystérieuse de ces trois personnes.

— Les mecs ! Vous avez vu l'heure ?

— Ouille ! Rentrons. Sinon, on va se faire rouspéter dès le premier soir, avertit Théo.

Ils pédalent à vive allure pour arriver au bac, empruntent le petit rafiot pour parcourir le bras de mer qui s'est incroyablement rétréci à cause de la marée basse et traversent la ville close qui s'est vidée de ses touristes. Une fois à la maison des grands-parents, ils filent se laver et se changer. Julien est prêt le premier, alors les copains l'envoient rejoindre le grand-père au salon. Il accepte de tenir compagnie au vieux monsieur en attendant que les trois autres descendent et que le dîner soit servi.

— Bonsoir Julien.

— Bonsoir Monsieur Honoré, répond Julien à Georges.

— Alors, qu'avez-vous fait de votre après-midi ?

Julien lui raconte leur journée : le bain à la plage, le chemin des douaniers et leur partie de tennis. Il préfère garder secrète leur drôle de rencontre de fin de journée. Après tout, il n'y a pas grand-chose à en dire... Puis, il s'installe dans un canapé près du grand-père qui s'est remis à lire la presse. Julien en fait autant et se saisit du premier quotidien qui lui tombe sous les mains. Il feuillette les pages et tombe sur un gros titre qui attire son attention :

« Disparition d'un lord anglais à Londres.

Inquiétante disparition d'un lord à son domicile : Lord William Mc Allister. Il est le descendant d'un célèbre peintre de la Royal Navy : Michael Mc Allister, disparu tragiquement en mer à bord du Happy Ending *le 15 avril 1912 dans l'océan Atlantique, près des îles Glénan, en France. »*

Julien est transporté par la lecture de cet article et ne peut s'empêcher de penser à cet homme disparu en mer, non loin d'ici, il y a très longtemps. Que venait-il faire par ici ? Quelle était la destination du navire ? De plus, la date du naufrage lui rappelle quelque chose, mais quoi ? Ça va me revenir, pense-t-il. Autant de questions que Julien aimerait élucider. Dès qu'il en aura le temps, il ira faire des recherches sur Internet.

— Tu as passé une bonne journée, Julien ? demande Yvonne en lui tendant un verre de jus de fruit.

— Oui, excellente, merci ! répond Julien, surpris.

— Nous allons passer à table dès que les trois autres seront descendus. Tiens, justement les voilà !

Le dîner est aussi copieux que le déjeuner, et les discussions vont bon train. Théo raconte à son tour leur périple. Yvonne explique qu'elle n'est pas très rassurée de les savoir sur le grand rocher blanc. Elle préfère que les enfants ne s'éloignent pas trop du bord de l'eau et qu'ils restent là où ils ont pied. Chacun doit alors lui promettre de se montrer très prudent durant les dix jours de vacances, ou elle se fâchera ! Les enfants la rassurent : ils ne feront rien de dangereux, promis... Même si Théo, qui adresse discrètement un clin d'œil aux trois autres, n'imagine pas un instant sa douce mamie en colère.

Puis arrive l'heure du jeu télévisé préféré de Georges, qu'il suit tous les soirs assidûment : *Des chiffres et des lettres*. Une vraie épreuve pour Théo, tant il se sait mauvais à ce jeu. Généralement, il ne trouve que des mots de trois ou quatre lettres, guère plus ! Quant aux chiffres, n'en parlons pas, les maths sont une horreur pour lui... Il espère que ses amis vont relever le niveau.

Julien et Vince se défendent pas mal dans la partie chiffres. Ils arrivent à tenir tête à Georges. Quant à Jeanne, elle se distingue dans les lettres.

Georges est satisfait car il a fort à faire, il a trouvé des adversaires redoutables. L'ambiance du dîner est joyeuse et potache.

— J'ai six lettres, annonce Jeanne.

— Bravo ! Je n'ai pas mieux, s'incline Georges avec respect.

Yvonne rit de bon cœur de voir son époux en difficulté face aux jeunes.

— Tu vois grand-père, les jeunes d'aujourd'hui sont encore capables de rivaliser aux chiffres et aux lettres avec les anciens, lance Théo un brin amusé et taquin.

— Tu as raison Théo. Tes amis sont très forts. Tu devrais en prendre de la graine, répond Georges en lui adressant un clin d'œil complice.

Chapitre 4

La filature

De retour sur les courts de tennis le lendemain, les quatre amis débutent un double. Julien réussit une reprise de volée et marque le point du match.

— **Waouh**, Julien se surpasse ! taquine Vince.

— Ouais ! Vous avez vu ça un peu ? La classe.

— Hello les jeunes. Vous jouez vraiment bien au tennis. Quel est votre niveau ? interroge un monsieur aux cheveux grisonnants et au fort accent étranger.

Ils expliquent le parcours et le niveau de chacun. L'homme présente au groupe son fils de 12 ans.

— Bonjour, je m'appelle Ian, se présente le garçon aux cheveux très clairs et au fort accent, lui aussi.

— Salut ! Tu viens d'où ?

— Je viens de Miami, aux États-Unis. Je suis venu en vacances chez mes grands-parents. Ma mère est bretonne et mon père est américain ; je suis bilingue.

— Cool ! Tu joues au tennis aussi ? demande Jeanne.

— Oui, je joue au *tennis center* de Key Biscayne. Je fais de la compétition dans mon pays.

— On pourrait jouer ensemble si tu veux ?

— Génial ! Je n'ai aucun copain de mon âge ici, alors c'est quand vous vous voulez.

— Nous, on a décidé de s'appeler entre nous les 4.Sets, pour te dire à quel point on aime le tennis ! Voici Jeanne, Vince et Julien. Moi, c'est Théo.

Une fois les numéros de téléphone échangés et la promesse de se rappeler prochainement pour jouer ensemble, le groupe se sépare. Nos quatre amis prennent leurs vélos en saluant Pauline au passage. Ils se dirigent vers la ville close.

— Il a l'air sympa Ian ! dit Vince.

— Oui, j'aime beaucoup son accent.

— *Que* son accent, Jeanne ? lance Théo en souriant.

— Toi, Théo, fais gaffe ! Je vais te pousser !

Jeanne donne de grands coups de pédale et accélère en direction de Théo, qui se dépêche à son tour pour échapper à ses griffes. Vince et Julien les charrient puis foncent rejoindre le duo infernal.

L'après-midi, ils décident d'aller escalader les remparts de la ville close. Ils commencent par explorer le côté nord qui donne sur la criée. Théo montre à ses amis des caches que les touristes ne connaissent pas. Au détour d'une cachette, derrière une maison, ils s'arrêtent et s'assoient sur un muret. Les pieds dans le vide, ils contemplent les rues bondées de monde.

— Mais c'est fou tout ce monde ! On dirait des fourmis, vues d'en haut.

— Oui. Ici on est peinard. Personne ne nous voit et on n'est pas bousculé par les badauds.

— Oh ! Regardez là-bas ! dit Julien en montrant du doigt un homme qui marche d'un pas décidé parmi la foule. Ce n'est pas l'un des hommes que l'on a vus hier soir et dont on a perdu la trace ?

— On dirait bien. Le plus petit, celui qui est tatoué sur les bras et les jambes, répond Vince en baissant la main de son copain au cas où l'homme les apercevrait.

— C'est lui ! Je le reconnais, balbutie Jeanne.

— Vous voyez bien qu'ils n'ont pas disparu par magie ! On le prend en filature ? propose Théo.

— Bonne idée ! répondent les autres en chœur.

— Comme ça, on va peut-être comprendre comment ils ont fait pour disparaître hier soir.

Sans avoir à quitter les remparts, ils suivent d'en haut, à distance et avec précaution, l'avancée de l'homme tatoué. Il emprunte la rue principale de la ville close, puis se dirige vers le port de plaisance de Concarneau.

Le temps de descendre des remparts nord pour remonter sur ceux qui donnent au sud, face au port, ils perdent un court instant l'homme de vue. Rapidement, ils le visualisent à nouveau.

— Je le vois ! crie Vince.

— Il descend sur les pontons retrouver un groupe de personnes qui se trouve à bord d'un zodiac.

— Hé, les gars, il y a des jumelles payantes ! Qui a un euro ? demande Jeanne.

— Moi, tiens.

— C'est top ! On voit vraiment bien les détails...

— Tu vois quoi ? s'impatiente Théo.

— Il discute avec deux hommes. Le bateau est rempli de caisses et de sacs en tout genre. Un des hommes semble assez jeune et l'autre, plus âgé, pourrait être le grand mince à la queue-de-cheval que nous avons aperçu hier soir. Les trois hommes checkent.

— Je veux voir, dit Théo en écartant Jeanne.

— Ah ça va ! La confiance règne !

— Je ne sais pas pourquoi, mais ça sent les embrouilles tout ça... dit Vince avec fatalisme.

— Le bateau quitte le port. Le Tatoué salue l'équipage et revient sur ses pas. Zut ! La minuterie des jumelles est terminée.

— Le mec revient par ici ! crie Julien.

— On le suit ! ordonne Théo, toujours à la recherche de sensations fortes.

L'inconnu rentre à nouveau dans l'enceinte de la vieille ville et emprunte des ruelles étroites et obscures. Les 4.Sets sont obligés de descendre des remparts et de le prendre en filature directement dans les ruelles.

— Faites gaffe ! Il se retourne dans notre direction, avertit Théo.

Tous se planquent comme ils peuvent sous des porches d'entrée ou derrière des vacanciers qui flânent.

— Plus vite ! On va le perdre de vue.

La traque reprend, puis l'homme s'arrête brusquement devant la porte basse d'une petite maison. Il tourne la clé dans la serrure et entre en claquant la porte derrière lui.

— **Ha ha !** Il rentre tout simplement chez lui, votre méchant suspect, ricane Vince, content que ça cesse.

— Je sais pas vous mais moi je sens quelque chose de louche chez ce mec, répond Théo.

— Bon... On fait quoi maintenant ? demande Jeanne. On ne va pas rester planté ici toute la journée.

Elle ne croit pas si bien dire, au même moment le Tatoué sort de la maison chargé comme un mulet, un gros sac aux couleurs militaires sur le dos et un second dans les bras.

— On y va, ordonne Théo, excité par cette filature.

— Pfff ! répond Vince, en suivant le mouvement à contrecœur.

Ils le suivent facilement à travers la foule de touristes, alors qu'il prend la direction de la porte pour Lanriec. L'homme, ignorant ses poursuivants, fait la queue tranquillement devant l'embarcadère.

— On prend le bateau aussi ? demande Julien.

— Je refuse d'aller plus loin, proteste Vince. Ça va encore mal finir cette histoire !

— On vote, dit Jeanne. Qui veut continuer à le suivre ? Moi je suis pour. C'est grisant !

— Moi aussi ! font Théo et Julien.

— Oh non ! Vous abusez les gars ! grogne Vince en grimaçant de protestation.

Julien sort de son sac l'argent pour payer les billets et tous montent à bord du bus flottant. Pour ne pas attirer l'attention du Tatoué, ils mettent leurs casquettes et leurs lunettes de soleil, puis s'assoient sur des bancs à l'opposé de l'homme. Le bac est bondé, ce qui facilite leur camouflage.

Chapitre 5

L'incroyable découverte

À la descente du bateau, l'homme prend la direction du chemin des douaniers. Le même que les enfants empruntent pour se rendre au tennis du Porzou. La bande se met à suivre l'homme sur le chemin, en laissant une distance appréciable pour ne pas être repérée par le Tatoué.

— Il avance vite ! Pourtant il est hyper chargé, constate Julien.

— Oui, on est presque obligé de courir pour ne pas le perdre.

— Allez Vince, tu traînes ! rappelle à l'ordre Théo.

— Je fais ce que je peux. Mon sac à dos pèse une tonne et j'ai chaud, rouspète Vince.

— Mais qu'est-ce que tu as mis dedans ?

— Le strict nécessaire : mes affaires de plage, de l'eau, des gâteaux, de la crème solaire, mon portable...

— Oui : exactement comme nous, se moque Jeanne.

Le pas rapide, haletants, nos détectives arrivent non loin de la plage du Porzou. Là où, la veille, ils avaient perdu de vue le Tatoué et ses compagnons. L'homme avance vite et sans hésitation. À aucun moment il ne se retourne. Comme la dernière fois, il s'engage sur la plage. Elle est presque déserte car aujourd'hui le ciel est chargé de nuages et il fait plus frais. Les plagistes habituels ont préféré s'adonner à d'autres occupations. Arrivé sur la plage, l'homme s'immobilise et scrute les alentours.

— Cachez-vous ! Il regarde dans notre direction, chuchote Théo à ses amis en faisant de grands gestes.

Tous se planquent comme ils peuvent. Les uns, derrière des rochers, les autres, face contre terre dans l'herbe qui borde le chemin.

— Tu crois qu'il nous a surpris ?

— Je ne pense pas. Je vais regarder...

Théo lève la tête et il n'y a plus de trace de l'homme !

— Il a disparu. Vite, debout ! Le mec s'est encore évaporé !

— Ce n'est pas possible, dit Julien, désemparé. Où veux-tu qu'il soit allé en si peu de temps ?

— Le scénario de la dernière fois se répète, dit Jeanne, étonnée.

— Il y a forcément une explication. Il ne peut pas s'être volatilisé comme ça !

Ils se mettent à courir jusqu'à la plage et s'arrêtent sur le sable, au centre de la petite plage. Chacun regarde à droite, à gauche et étudie toutes les possibilités de cache ou de passage sur l'extérieur.

— Un vrai mystère, cette disparition.

— C'est insensé ! Il y a forcément un truc, explique Théo, en cherchant partout une solution à ce curieux événement. Il y a bien cette vieille bâtisse en ruine... Mais il ne reste plus que la façade.

— Regardez, il y a une pancarte : « Passage interdit. Danger de mort », entourée de fils barbelés, lit Vince.

— La ville craint les accidents, elle a dû mettre cette pancarte pour dissuader les gens comme nous.

— Allez, on s'en va. Il n'y a rien ici.

— Attends ! On est venu jusqu'ici, autant aller jusqu'au bout de notre recherche, répond Théo.

— Mais c'est interdit ! réplique Julien.

— Ouais... Ouais... répond Théo, tout en enjambant les fils barbelés et la pancarte d'interdiction.

— Alors, tu vois quoi ? demande Julien curieux.

— Rien ! C'est tout petit ici... Ah, si ! Au sol, il y a une plaque d'égout assez grande. Venez voir.

Tous escaladent les barbelés tant bien que mal, sauf Vince qui reste faire le guet sur la plage. Il s'assoit en tailleur face à la mer pour ne pas attirer l'attention des quelques badauds qui s'aventurent à l'entrée de la plage et lance à ses amis :

— Faites gaffe ! Je siffle si quelqu'un approche.

Julien, Théo et Jeanne sont très à l'étroit dans ce petit renfoncement très sombre et plein de moisissures dues à l'humidité et au manque de lumière.

— C'est glauque comme endroit.

— À nous trois, on peut soulever la plaque.

— Théo, tu crois vraiment que le type a pu passer par là ? demande Jeanne dubitative.

— On ne va pas reculer maintenant. Au moins on en aura le cœur net. Et ça retirera une possibilité.

— Ok, allons-y ! dit Julien.

Les trois amis se disposent en cercle autour de la plaque et, à trois, soulèvent avec facilité le couvercle en fonte qui retombe avec fracas sur le sol à côté. Ils sont très surpris par ce qu'ils découvrent.

— Un passage secret ?

— Quoi ? demande Vince qui a entendu Julien.

— Il y a un passage avec une échelle en fer qui descend le long de la paroi du puits ! dit Théo à haute voix pour que Vince entende.

— C'est profond ?

— On ne sait pas. On ne voit que les premiers mètres, puis c'est le noir complet. Vince, trouve-moi sur la plage un caillou de taille moyenne et apporte-le s'il te plaît.

Vincent rapporte l'objet demandé à ses copains, ce ne sont pas les pierres qui manquent sur la plage. Puis, il reprend son poste de garde. Théo s'empare du caillou, place son bras au milieu de la fosse et le laisse tomber.

Un **Bing** se fait entendre quand le projectile atteint le sol.

— Le bruit indique que le trou n'est pas très profond et qu'il n'y a pas d'eau au fond, conclut Théo.

— C'est sûrement par ici que sont passés le Tatoué à l'instant et ses copains hier soir. C'est la seule solution pour disparaître aussi rapidement et « comme par magie », avance Julien.

— Foutons le camp ! Je vous avais prévenus que cette affaire sentait mauvais, supplie Vince.

— Maintenant qu'on est arrivés à cette incroyable découverte, je meurs d'envie d'en savoir plus. Hors de question de laisser tomber l'affaire !

— Tu es fou, Théo ? réplique Vince.

— Je vais descendre voir ce qu'il y a en bas et je remonte aussi vite. Ça vous va ?

— Je viens avec toi ! rétorque Jeanne.

— Moi aussi, je veux descendre ! ajoute Julien.

Ils décident donc de descendre tous les trois et conviennent que Vince doit continuer son rôle de sentinelle en surface. Ainsi, s'il y a le moindre danger, il doit envoyer un SMS groupé à ses copains. Jeanne, Julien et Théo actionnent leurs smartphones en mode lampe torche pour éclairer la partie obscure du passage. Avant de descendre, ils déposent leurs sacs à dos près de l'entrée du trou. L'équipe d'explorateurs est prête à s'engager vers l'inconnu. Théo est en tête, suivi de Jeanne, puis de Julien, qui ferme la marche.

— Je ne suis pas très rassurée, lance Jeanne.

— Moi non plus.

Seule l'insouciance de Théo lui permet de ne pas douter de leur initiative dangereuse.

— Allez, j'y vais !

— Vous me foutez les pétoches les mecs !

Théo amorce doucement sa descente vers les profondeurs obscures de ce gros tuyau au mur de pierres. À chaque barreau franchi, l'obscurité s'épaissit. Au bout d'un moment, il s'immobilise et oriente le faisceau lumineux vers le fond du trou et aperçoit le sol.

— Encore environ deux mètres et on touche le fond.

— Ouf ! lance Jeanne, soulagée d'en finir avec cette épreuve.

— Jeanne, Julien, vous sentez le léger courant d'air ?

— Oui ! D'où provient-il ? demande Jeanne.

— Je n'en sais rien. Mais il y a forcément une autre ouverture quelque part, car il y a un appel d'air.

Les trois aventuriers posent enfin pied à terre quand soudain : **Boum** ! Un bruit fort, saccadé et sec les fait sursauter.

— **Haaaaaaa**... ! hurlent-ils de concert.

— Qu'est-ce que c'était ? demande Jeanne, morte d'inquiétude.

— Aucune idée ! répond Julien.

Le petit groupe reprend ses esprits. Il n'est pas au bout de ses surprises...

— Incroyable, laisse échapper Théo.

— Non mais, je rêve... Un passage souterrain, lâche Julien, les yeux grands ouverts, tout ébahi. Théo, tu n'avais jamais entendu parler de cet endroit avant de le découvrir ?

— Non, jamais.

Le tunnel est dans l'obscurité totale. Jeanne oriente sa lampe torche en direction de son embouchure. Le faisceau lumineux éclaire une partie des parois. Leur découverte est fantastique.

— **Waouh** ! Ça va loin. On n'aperçoit même pas la fin, dit Jeanne.

— Regardez là : il y a des wagonnets de mines sur des rails de chemin de fer, constate Julien.

— Mais où sommes-nous ? Et où peuvent bien déboucher ces rails ?

— Aucune idée, Jeanne. Mais ce qui est sûr, c'est que tel qu'il est orienté, ce tunnel passe forcément sous la mer, dit Julien.

— C'est surréaliste ! On se croirait dans un décor de film d'Indiana Jones, lance Jeanne tout excitée.

— Vous avez vu ? Les petits wagons sont mécaniques, il faut pédaler pour les faire avancer. J'ai envie d'aller voir où arrive le bout du tunnel, pas vous ?

— Pareil que toi, Théo ! Je suis impatiente et curieuse de savoir où ça mène.

— Moi aussi. Mais attention ! Les personnes qui l'ont emprunté avant nous ne sont peut-être pas des tendres. Ils ne vont sûrement pas nous accueillir les bras ouverts. Il faut que nous restions vigilants.

— Tu as raison, Julien. Nous allons juste jeter un œil et on revient, propose Jeanne.

Pas le temps pour les garçons de répondre, les trois mobiles sonnent.

VINCE. 17 h 48 :

Qu'est-ce que vous foutez ?
Je m'ennuie ici à vous attendre !

JULIEN. 17 h 48 :

Viens nous rejoindre. Pas de danger.

Vince descend rapidement rejoindre ses copains.

— La vache ! Mais c'est quoi ?

— On n'en sait rien, mais on veut aller voir.

— Vous êtes pas bien ? Et si le Tatoué nous réceptionne au bout, et nous séquestre, ou nous tue ?

— Tu regardes trop les séries télévisées, Vince ! lui répond Théo avec moquerie.

— Il n'a pas tort... Restons très prudents, prévient Julien. Et puis on ne sait pas s'il mène loin, ce tunnel...

Écoutez, voici ce que je vous propose : on rentre à la maison, on fait le point et on revient dès demain à la première heure.

— Oh, c'est pas drôle, bougonne Théo, qui se voyait déjà parti. Mais c'est vrai que j'avais dit à ma grand-mère qu'on serait rentré pour six heures et il est... ?

— Moins dix ! Bon assez traîné, les 4.Sets, retour aux vélos, ordonne Vince déjà remonté sur l'échelle.

— Ça y est, tu t'y es fait : tu nous as appelés « les 4.Sets », rigole Jeanne, c'est classe !

Chapitre 6

Au bout du tunnel

Cette nuit-là, une dépression venant de l'ouest a créé de fortes rafales de vent avec des pointes à plus de 100 km/h et des trombes d'eau se sont abattues sur la façade atlantique. Sous l'effet de la tempête, les volets de la chambre de Vince n'ont pas cessé de claquer, l'empêchant de dormir une bonne partie de la nuit. De plus le vent, en venant s'engouffrer dans les petits orifices de sa fenêtre, émettait un long sifflement lugubre. Entre le bruit des volets et ce chuintement, Vince a tout de même fini par s'endormir. Il se réveille brutalement et regarde son réveil...

— Oh non ! Il est déjà dix heures !

Il saute du lit et s'en va réveiller le reste de la bande qui dort encore. Tous sont surpris par l'heure tardive de leur réveil. À l'étage, c'est le branle-bas de combat, les 4.Sets se lèvent, s'habillent et descendent déjeuner.

Aujourd'hui c'est le grand jour : l'exploration du tunnel.

— Bonjour les enfants. Vous êtes bien tard, ce matin. C'est la tempête qui vous a bercés ? demande Yvonne en leur servant le petit-déjeuner.

— Tout le contraire, mes volets de chambre ont claqué toute la nuit ! Ça m'a fait peur, je me suis caché sous mes draps. J'ai même fait un cauchemar : on m'avait attaché et bâillonné dans un wagonnet de mine et je roulais à grande vitesse, pour finir ma course dans un ravin. Je déteste ça, raconte Vince encore tout retourné par son mauvais rêve.

— Ha, ha, ha ! Quelle imagination ! dit la grand-mère. Regarde, le soleil brille à nouveau. Bon, déjeunez bien, je reviens tout à l'heure.

Quand Yvonne sort de la cuisine, Théo se penche vers ses copains.

— On mange et on file explorer le tunnel. Je n'en peux plus d'attendre. Hier soir, je n'ai pas réussi à m'endormir tant je pensais à ce que nous allons trouver dans ce passage secret.

— Pareil. J'ai pas faim, le cœur noué : j'ai le trac !

— On est fous ! On devrait pas aller là-bas, ça a l'air de passer sous la mer. C'est trop dangereux. Imaginez que le plafond du tunnel s'effondre et nous engloutisse ?

— Vince, tu t'en fais trop. Moi, j'ai plus les pétoches de tomber sur la bande du Tatoué. Ils n'ont pas l'air très commode, ces gens-là.

— Qui n'est pas très « commode », Julien ? interroge soudain Yvonne, qui est revenue et a entendu un bout de la conversation des enfants.

— Oh ! Euh... un homme que nous avons croisé hier après-midi en ville close, répond Julien, embarrassé.

— Au fait, Théo, j'ai un service à te demander : pourrais-tu apporter avant 11 heures ces livres à tante Hélène ? J'ai oublié de les lui remettre hier soir et elle prend la route pour le sud de la France à midi.

— Oh Mamie, ça tombe mal ! Je... On doit aller...

— Pas de problème Mme Honoré. Nous les lui apportons tout de suite.

— Merci Julien, tu es un ange ! s'exclame Yvonne.

Théo lance un regard noir à Julien. Il bout d'impatience et devoir attendre encore un peu l'insupporte.

— On ne peut pas refuser ce service à ta grand-mère. Elle est toujours aux petits soins pour nous.

— Ok, on le fait, mais vite alors...

Les 4.Sets quittent la maison, en prévenant qu'ils se débrouilleront seuls pour déjeuner à midi.

— Allez fonce, Julien, direction chez tante Hélène. Puis à nous l'aventure, piaffe Théo, bouillonnant d'adrénaline.

Les 4.Sets pédalent vite, ils déposent les livres chez la grand-tante de Théo et, sans attendre leur reste, filent vers le mystérieux tunnel qui hante leur esprit depuis la veille au soir. Ils empruntent le même chemin.

Une fois arrivés près de la plage, ils cherchent un endroit pour cacher les vélos et trouvent une planque idéale derrière un gros bosquet d'hortensias en fleur.

— Qu'est-ce que vous pensez qu'on va trouver ? s'inquiète Jeanne.

— Des toiles d'araignées, des bestioles, de mauvaises odeurs...

— Arrête, Julien, tu ne me rassures pas, là.

— On va découvrir un trésor abandonné par les pirates du *Black Pearl* !

— Pfff n'importe quoi, Théo.

— Nous voilà à la cabane, je descends le premier.

— On te suit, Julien.

Ils franchissent les barbelés, soulèvent la plaque et s'engagent dans le puits avec un peu d'appréhension. C'est plus facile de se sentir un grand explorateur sans peur et sans reproche au chaud dans son lit, qu'ici dans ce lieu étonnant et fantastique.

— Voilà, on y est ! Ça va tout le monde ?

— Je ressens un mélange d'excitation et de peur. Regarde, je frissonne.

— Moi, j'ai les pétoches... Ça sent les ennuis.

— Allez, c'est parti. Les 4.Sets en mode AVENTURE !

Les aventuriers prennent tous place dans le premier wagonnet à pédales. Ils se sentent plus en sécurité, serrés les uns contre les autres. Julien est choisi pour pédaler. Il a gagné la couse de vélo et a de grandes jambes. Il s'installe sur la selle fixée à l'arrière du véhicule.

— Tenez-vous prêts. C'est parti. Le système de pédalage est démultiplié... C'est presque sans effort.

Le wagonnet démarre tout doucement et prend rapidement de la vitesse. Le sol est en pente pendant une ou deux minutes, puis le terrain semble plat, difficile de se faire une impression dans l'obscurité la plus totale... Les trois intrépides installés dans la nacelle ont leurs lampes de portables allumées, qui n'éclairent que les deux ou trois premiers mètres en avant du wagonnet. Ils gardent le regard fixé devant eux, dans l'espoir d'apercevoir l'extrémité du tunnel. Seul bruit perceptible, le grincement des roues au contact des rails : **Tchhhhhh**... !

Julien pédale gaillardement depuis dix minutes... Soudain, les lampes font apparaître les ombres démesurées, déformées par la distance, de chauves-souris suspendues au plafond.

— **HAAAAAAAA** !! hurlent les passagers.

Une nuée de chauves-souris virevolte au-dessus de leurs têtes. Le bruit des ados les a sorties de leur sommeil. Julien augmente la cadence pour s'éloigner au plus vite des monstrueuses bestioles.

— Vous êtes bêtes ou quoi ? Les chauves-souris sont des mammifères très fragiles, dit Julien, et elles doivent être plus effrayées que vous, avec vos cris.

— On m'a dit qu'elles se prenaient dans les cheveux des gens, gémit Jeanne en tenant la main sur sa tête.

— N'importe quoi, ce ne sont que des racontars ! Avec leur radar ultra-développé, même dans le noir et à la vitesse où elles volent elles évitent le moindre obstacle, alors tu penses bien que ta tête ne les intéresse pas.

— Bon, c'est bien gentil les petites bêtes et tout ça mais y'en a encore pour longtemps ? se lamente Vince.

— Je n'imaginais pas que ce tunnel serait aussi long. Mais on ne va pas s'arrêter maintenant...

— Oui, on va bien finir par arriver quelque part, allez un peu de courage les 4.Sets, conclut Théo.

Quinze minutes plus tard, l'inimaginable voyage prend fin. Depuis quelques centaines de mètres, Julien a alerté les autres du fait que le chemin de fer semble remonter vers la surface, il doit pédaler plus dur. Ils aperçoivent au dernier moment une masse noire juste devant eux.

— Attention, là, regarde !

Le wagonnet vient finir sa course contre un autre wagonnet stationné, et un gros **Boum** se fait entendre.

— Eh ! c'est ce même bruit qui nous a foutu la frousse, hier dans le puits. C'était donc le wagonnet du Tatoué qui arrivait ici.

Avant de descendre de l'engin, les quatre amis observent attentivement autour d'eux. Ils retrouvent la même configuration que de l'autre côté : une ancienne plateforme et une large échelle en acier pour remonter vers la surface.

— Où sommes-nous ? questionne Jeanne, encore sous le choc de la rencontre avec les chauves-souris.

— Je n'en sais rien. Sortons voir ! s'exclame Théo.

Tous descendent et se rassemblent au bas de l'échelle qui conduit vers cet endroit énigmatique.

— Je monte en premier.

— Je te suis Théo. Julien passe en troisième position et Vince, tu fermes la marche.

— **Pfffff** ! C'est toujours moi le dernier...

Théo commence l'ascension des barreaux. Il avance prudemment, sans faire de bruit. Après quatre mètres de progression, il pointe la lumière de son portable vers le haut et aperçoit une plaque d'égout qui bloque la sortie.

— C'est le même genre de dalle que celle de la plage !

— À nous deux, on peut essayer de la pousser, propose Jeanne.

Jeanne et Théo calent leurs pieds sur le même barreau et cherchent l'équilibre parfait pour pouvoir pousser en même temps, sans se gêner, sur le couvercle de métal.

— Prête ? À trois, on pousse.

— Je décompte, propose Vince. Un, deux, trois... ! Allez-y !

Leurs jambes sont fléchies au maximum pour prendre appui, afin de pouvoir donner une forte impulsion. Les quatre petits bras poussent de toutes leurs forces. À la deuxième tentative... **Vlan !** La dalle pivote sur le côté.

— Ouais ! On a réussi, les mecs, murmure Théo en checkant la main de Jeanne.

— Vous voyez quoi ? s'enquiert Julien, très impatient.

— Attends, je vais voir ! répond Théo, en grimpant les derniers barreaux.

Il fait signe au reste de la bande de garder le silence en mettant son index sur ses lèvres. Discrètement, il passe sa tête dans l'ouverture du puits. Il tourne sur 360 degrés quelques secondes, puis il redescend au niveau de ses amis.

— Il n'y a personne. L'entrée débouche dans le coin d'une pièce assez grande qui ressemble à un bureau. J'ai entrevu une fenêtre dans le fond, mais d'ici on ne peut pas voir à travers les carreaux.

— C'est tout ? dit Julien, resté sur sa faim.

— À mon tour. Je vais monter dans la pièce et tenter de repérer l'endroit où nous sommes, lance Jeanne.

— Sois prudente ! recommande Julien.

Jeanne est déjà en train d'escalader les derniers barreaux qui la séparent de l'ouverture du trou. Elle pose son genou à l'extérieur et se hisse dans la pièce. Elle observe tout autour d'elle et tend l'oreille pour s'assurer qu'il n'y a personne dans les parages. Aucun bruit. Rassurée, elle commence à explorer les lieux.

Elle passe devant un vieux bureau en bois sur lequel reposent des cartes marines. Ces dernières sont recouvertes d'instruments de mesure, de crayons...

Le sol est un plancher de bois usé. Au mur, quelques vieux tableaux de bateaux d'un autre temps. Une bibliothèque remplie de livres trône près de la porte d'entrée. Le dos des ouvrages est décoloré par les rayons du soleil qui passent par la fenêtre et viennent finir leur course sur les bouquins. La pièce est très lumineuse.

Jeanne s'approche de la fenêtre pour essayer de localiser l'endroit. Elle fait attention de ne pas être vue, pour cela, elle s'accroupit, observe prudemment au dehors et d'un coup... elle reconnaît les lieux ! Elle ne peut retenir un petit cri de surprise.

— Non !

Puis, elle retourne voir les gars.

— Vous ne devinerez jamais où on a atterri : nous sommes sur une île de l'archipel de Glénan !

Chapitre 7

L'île aux Mouettes

À l'annonce de Jeanne, tous se regardent et n'en croient pas leurs oreilles.

— Incroyable ! Nous avons traversé, sous la mer, la distance qui sépare le continent de l'île. Soit environ quinze kilomètres, calcule Julien.

— Quelle aventure ! Personne ne nous croira.

— Pour l'instant, personne ne doit savoir. Ça reste notre secret, s'exclame Théo.

— À qui appartient cette maison ? Pourquoi ce tunnel n'est pas connu ? Qui sont les personnes qui l'empruntent ? J'ai tellement de questions dont j'aimerais connaître les réponses.

— Venez me rejoindre, je crois qu'il n'y a personne ! On a sans doute le temps d'explorer la maison avant que quelqu'un ne revienne, propose Jeanne. Allez ! Je ne peux pas fouiller toute seule.

— Non ! On devrait rentrer. Il va encore nous arriver des ennuis. Je le pressens. On a l'art de toujours se fourrer dans les mauvais coups...

— Allez Pétochard, viens ou attends-nous ici, se moque gentiment Théo.

— **Grrr**... Je ne veux pas rester ici tout seul

L'un après l'autre, ils sortent du puits et rejoignent Jeanne dans la pièce. Ils se mettent à inspecter dans tous les recoins. Julien étudie ce qui traîne sur le grand bureau. Il y découvre une grande carte des fonds marins de Glénan, dépliée. Il aperçoit un grand cercle de crayon rouge entourant un endroit précis sur la carte. Une croix est dessinée et un nom est noté au crayon noir : *Happy Ending.*

Julien prend des photos. Ces deux mots lui disent quelque chose, mais quoi ? Toujours sur le bureau, un vieux carnet de notes tout abîmé repose au sommet d'une pile de livres. Sur la couverture, on peut lire : *Diary of M. Mc Allister.* Julien l'ouvre et feuillette quelques pages jaunies. Tout est écrit à l'encre et en anglais. Par endroits, tout est presque effacé et illisible.

— Venez, on va explorer l'extérieur de la maison.

— Soyons prudents, répète Julien.

Jeanne colle son oreille contre la porte qui mène dans une pièce voisine pour essayer de capter des bruits qui l'informeraient de l'éventuelle présence d'individus.

— C'est bon, on peut avancer.

Happy Ending

Ils ne se quittent pas d'une semelle. Ils débarquent dans un vestibule qui les mène vers l'extérieur. Julien ouvre précautionneusement la dernière porte.

— Personne aux alentours : on peut sortir.

La bande sort de la maison, non sans appréhension.

Le large point de vue qui s'offre à eux est magnifique. Partout du sable, semées ici et là de hautes herbes, et la mer tout autour. On aperçoit nettement la dizaine d'îles de l'archipel, proches ou plus éloignées.

— Vous avez vu ? Je reconnais les lieux : la maison est située au bout de l'île Saint-Nicolas, à l'abri des regards et des touristes. La lagune de sable qu'on voit ici permet à marée basse de rejoindre le centre de l'île principale. Enfin, il n'y a pas grand-chose à part un restaurant et un bar. À marée haute, l'endroit où nous sommes devient une île indépendante qu'on appelle l'île aux Mouettes, renseigne Théo.

— Malin ! À marée haute, la maison est isolée. Il n'existe pas meilleur rempart naturel pour se cacher du reste du monde, analyse Julien.

— La parfaite planque pour des personnes peu scrupuleuses, rajoute Vince.

— Les gars. Je ne me sens pas très à l'aise. Si on se fait surprendre, on est mal.

— Jeanne a raison. C'est une violation de domicile. Je n'ai pas envie de terminer mes vacances sous les verrous, s'insurge Vince.

— Arrêtez ! Vous allez nous attirer la poisse.

— Là, regardez, dans le cabanon. Plusieurs bouteilles de plongée sous-marine sont entreposées. Ainsi que des palmes, masques, détendeurs, ceintures de plomb et des combinaisons intégrales épaisses. C'est ce matériel que les trois personnes transportaient le soir où nous les avons vues, constate Jeanne.

— Peut-être que ces gens sont simplement des amateurs de pêche sous-marine ou des passionnés de fonds marins ?

— Hum hum... Je ne suis pas d'accord, Vince. Il plane trop de mystère pour que ce soit si simple que ça, dit Julien.

— Allez, rentrons avant que nous soyons découverts, recommande Jeanne au groupe.

Les quatre aventuriers rebroussent chemin et rentrent dans la maison. Ils restent traîner un peu dans le bureau, afin de trouver d'autres indices qui pourraient leur donner des informations sur l'identité des mystérieux occupants de cette maisonnette, nichée sur une île, à l'abri des curieux.

— Dégageons ! Le Tatoué arrive, avertit Jeanne en voyant par la fenêtre l'homme se diriger d'un pas pressé vers la maison.

Julien, Théo, Vince et Jeanne ne se font pas prier pour redescendre à toute vitesse dans le puits et refermer, tant bien que mal, la dalle de métal derrière eux.

— Silence ! Personne ne bouge, ordonne Théo.

Nos jeunes espions sont agglutinés sur les barreaux sans pouvoir bouger, de peur d'éveiller la curiosité du Tatoué. Les quatre amis sont morts de trouille à l'idée d'être démasqués. Leur cœur bat la chamade et le stress est à son comble.

D'un coup, la porte du bureau claque et une voix se fait entendre. Il semblerait que le Tatoué soit au téléphone.

— Notre objectif premier c'est de localiser l'épave... Pour l'instant, nous ne sommes pas très documentés sur le sujet. Nous avons quelques pistes et éléments pour délimiter un certain périmètre, mais ce n'est pas encore précis... Le problème ici, c'est que les fonds marins regorgent d'épaves, et une seule nous intéresse... Oui, nous pensons nous déplacer demain ou après-demain pour aller chercher plus d'indices sur le naufrage aux archives départementales. Oui, Tim s'en occupe. Bye !

La porte du bureau claque à nouveau et deux autres personnes rejoignent alors le Tatoué. Un dialogue s'installe entre eux.

— Ils parlent anglais, chuchote Julien. On ne comprend plus rien. Allez, on déménage avant qu'ils nous tombent dessus.

Les espions n'en mènent pas large. Ils sentent qu'il se passe quelque chose de pas très net ici. Théo fait signe de redescendre. À peine les pieds posés au sol, ils entendent la dalle basculer d'un bruit sec. **Boum** !

Un des hommes tend une torche en direction du fond du puits. Heureusement, nos aventuriers ont pu se cacher au fond d'un wagonnet, à l'abri du faisceau de lumière. Ils entendent la dalle se refermer derrière eux et le silence s'installer. Les jeunes sortent de leur cachette, les jambes tremblantes.

— On a eu chaud, dit Vince tout retourné. Rentrons !

Tous sautent dans le même wagonnet. Julien reprend son poste et pédale en chemin inverse, direction le Porzou. Le retour se déroule sans encombres, les chauves-souris ont repris leur somme au plafond. Les 4.Sets remontent l'échelle et remettent la dalle et les barbelés en place. Ils ne laissent apparaître aucune trace de leur passage. Puis, ils reprennent le chemin des douaniers pour récupérer leurs vélos dans la ville close.

— Content d'être rentré sain et sauf ! lance Vince.

— Pas mécontente non plus.

— J'ai eu mon compte d'émotions pour aujourd'hui. Ce soir, après le dîner, ce serait bien qu'on se retrouve dans ma chambre pour analyser ce qu'on a vécu cet après-midi, soumet Julien aux autres.

— Bonne idée ! L'affaire mérite d'être creusée.

— Moi, cette aventure me plaît, s'exclame l'intrépide de la bande. Enfin un peu d'adrénaline !

— Tu n'es pas possible, Théo. Toujours à la recherche du danger, répond Jeanne.

— On ne change pas une équipe qui gagne ! ricane Théo. Au fait les amis, vous avez vu l'heure ? On va avoir un autre danger à affronter : mon grand-père. On a une heure de retard...

— Ouille ! Il va falloir faire profil bas, répond Vince.

— On compte sur toi pour nous sauver la mise Julien, plaisante Jeanne. Ce soir, tu nous fais un sans-faute à *Des chiffres et des lettres* !

Chapitre 8

Débriefing dans la chambre

Après une remarquable prestation de Julien face au grand-père et la promesse de mieux respecter les horaires pour ne plus inquiéter Yvonne, la bande de copains termine saine et sauve cette épique journée.

Ils se retrouvent dans la chambre de Théo et se regroupent sur son lit pour un « débriefing ».

— Quelle journée ! Je n'arrive pas à croire ce qui nous est arrivé. C'est tellement irréel, dit Jeanne.

— Je vais télécharger les photos que j'ai prises dans la maison de l'île sur ma tablette. On pourra les agrandir.

Une dizaine de photos apparaissent sur l'écran. Tous se regroupent autour de la tablette.

— Celle-ci ressemble à une carte représentant les fonds marins de l'archipel de Glénan.

— Oui, tu as raison Jeanne, c'est ça. Et là, où le cercle rouge a été tracé, cela doit marquer une zone qui intéresse le Tatoué et ses comparses, répond Julien.

— Ils ont noté les mots *Happy Ending* à côté du cercle. Qu'est-ce que cela peut bien signifier ?

— Attendez ! Je vais regarder sur Google traduction. Alors... *Happy Ending* se traduit en français par « fin heureuse », lit Julien.

— Si c'est le nom d'un bateau qui a coulé... quelle ironie du sort.

— Mais oui ! Tu as trouvé, Théo ! C'est sûrement le nom d'une épave ou d'une bouée, en tout cas quelque chose en rapport avec la mer, répond Jeanne.

Julien fronce les sourcils :

— Une bouée marine au nom anglais sur nos côtes bretonnes ? Impossible !

— Sur la photo suivante, il est inscrit sur le vieux carnet : *Diary of M. Mc Allister,* lit Vince. Je sais que *diary* veut dire journal intime en anglais.

— Donc, ce serait le journal intime d'un certain M. Mc Allister. Qui est-ce ? interroge Jeanne.

— Attendez ! Je crois que j'ai vu ce nom écrit quelque part, s'exclame Julien en se grattant la tête. Je reviens dans une minute.

Julien saute du lit et sort de la chambre sous le regard étonné de ses amis.

— Quelle mouche l'a piqué ? ricane Vince.

Après s'être absenté à peine deux minutes, Julien est de retour, un journal à la main.

— Voilà, j'ai trouvé. Je savais que j'avais déjà lu ce nom quelque part.

Théo, Jeanne et Vince sont curieux de ce que Julien va leur annoncer.

— L'autre soir, en vous attendant au salon, j'ai lu un article dans la presse qui a retenu mon attention. Je m'étais promis de faire des recherches sur Internet, mais j'ai oublié.

— C'est quoi ? demande Théo, impatient.

— Chut ! Laisse-le parler, rouspète Jeanne.

On n'entend que les mouches voler dans la chambre, ils sont tous fascinés par ce que Julien a à dire.

— Voici l'article :

« *Disparition d'un lord anglais à Londres.*

Inquiétante disparition d'un lord à son domicile : Lord William Mc Allister. Il est le descendant d'un célèbre peintre de la Royal Navy : Michael Mc Allister, disparu tragiquement en mer à bord du Happy Ending *le 15 avril 1912 dans l'océan Atlantique, près des îles Glénan, en France.* »

— C'est fou... Vous croyez que cette histoire a un lien avec les étranges personnes que nous avons croisées hier ? demande Vince.

— Aucune idée. Ce sont peut-être des scientifiques ou des archéologues marins qui viennent localiser l'épave pour l'étudier, suggère Jeanne.

— À mon avis, si leur action était honnête, penses-tu qu'ils se cacheraient sur l'île ? Et puis, il y a cette étrange coïncidence : la disparition récente du descendant d'un des naufragés, analyse Julien, un brin soupçonneux.

— Tu crois à un enlèvement ? Mais, nous n'avons vu ou entendu aucun prisonnier dans la maison.

— Nous n'avons pas beaucoup cherché non plus. Nous sommes restés dans la même pièce. Il était peut-être retenu dans une autre.

— Aïe, aïe ! Je vous avais prévenus les gars, nous sommes champions du monde pour nous attirer des ennuis, rétorque Vince.

— Si on fait le point, voici la situation actuelle en rapport avec les éléments que nous détenons :

1) L'article qui parle d'une disparition et donne le nom d'une épave de bateau et d'un naufragé en 1912
→ Happy Ending & Mc Allister
2) Quatre personnes louches : trois hommes et une femme de nationalités française et anglaise
3) Une personne supplémentaire inconnue qui était au téléphone avec le Tatoué : le chef ?
4) Un tunnel secret sous la mer qui relie le continent à l'archipel de Glénan (dont personne ne connaît l'existence sauf les étranges personnes)
5) Du matériel de plongée sur l'île aux Mouettes

Julien énumère tous ces éléments avec méthodologie, en retranscrivant méticuleusement toutes les données dans sa tablette.

— Et les pages du carnet que tu as photographiées, elles peuvent peut-être nous en dire plus sur ces hommes et leur mission ?

— Impossible, Théo. Elles sont rédigées en anglais et ce serait trop long et compliqué de tout réécrire dans le traducteur, explique Julien.

— J'ai une idée. Nous n'avons qu'à demander à Ian de nous aider. Il devrait pouvoir traduire, non ?

— Excellente idée, Jeanne ! Je n'y avais pas pensé. On l'appelle demain, félicite Julien.

— **Ha ha ha**... Ça ne doit pas déplaire à Jeanne de revoir le beau Ian, n'est-ce pas ? taquine Théo.

— Tu es vraiment un gamin ! répond-elle en balançant un oreiller dans sa direction.

Le geste de Jeanne se transforme rapidement en bagarre générale d'oreillers. Ils chahutent, sans savoir que Georges et Yvonne regardent un film, un étage en dessous. La sanction ne se fait pas attendre : le grand-père leur demande de se calmer immédiatement.

— Stop ! Sinon on va prendre cher. Les mecs louches de l'île aux Mouettes sont des enfants de chœur par rapport à mon grand-père, annonce Théo amusé.

— Je vais dormir. Toutes ces émotions m'ont épuisée. Bonne nuit, les garçons.

La bande de copains se sépare en se souhaitant une bonne nuit. Julien est allongé dans son lit, mais ne trouve pas le sommeil. Quelque chose le dérange. Il rallume sa lampe de chevet et relit l'article de presse. 15 avril 1912... Cette date lui est familière, mais à quoi se réfère-t-elle ? Il décide de rallumer sa tablette et de la rechercher sur Internet. Le résultat tombe, immédiat : naufrage du *Titanic* !

— Je savais bien que cette date était célèbre, se dit Julien, qui file annoncer la nouvelle à ses amis.

Ceux-ci n'en reviennent pas. Encore une surprenante coïncidence ? Ou un élément supplémentaire qui vient s'ajouter à la liste des mystères de cette affaire ?

Julien, Théo, Jeanne et Vincent ne se doutent pas qu'ils ne sont pas au bout de leur surprise.

Chapitre 9

Enquête aux archives

Ce matin, la météo est moins clémente. Le ciel est gris et les températures ne dépassent pas les 17 °C, ce qui est un peu frisquet pour un mois d'août. Nos jeunes détectives ont rendez-vous avec Ian, chez Georges et Yvonne. Au téléphone, le jeune franco-américain semblait très heureux de les revoir et de partager du temps avec des gens de son âge. Les 4.Sets avaient un service à lui demander...

Il est tout juste 9h30 quand Ian sonne à la porte. Yvonne vient l'accueillir, histoire de vérifier si ce garçon semble bien sous tous rapports. Juste la méfiance d'une grand-mère qui s'inquiète des enfants dont elle a la responsabilité le temps des vacances.

— Bonjour madame ! Je suis Ian, je suis venu voir Théo et ses amis, se présente le jeune garçon avec un fort accent américain.

— Enchantée ! Je suis la mamie de Théo. Rentre, mon garçon, répond Yvonne, rassurée sur ses craintes.

Ian suit la vieille dame jusqu'à l'étage de la cuisine, où l'attendent les quatre loustics. Ils se saluent et montent dans la chambre de Julien. Une fois tous installés sur le lit, Théo fait promettre à Ian de garder le secret sur tout ce qu'il va entendre.

— Promis ! Je serai muet comme une tombe !

— Scellons un pacte entre nous, propose Jeanne.

Comme de coutume dans l'équipe de nos jeunes aventuriers, ils mettent leur bras en étoile en fermant les poings et se tapent tous les poignets, en jurant de garder le secret. La cérémonie terminée, Julien prend la parole et explique au nouveau venu tous les événements des derniers jours : leurs suspicions, le tunnel, leurs investigations... et leur envie d'en savoir plus !

— *Incredible*[2] ! Vous voulez me faire croire que toute cette histoire vous est arrivée ? demande Ian, perplexe en écoutant ce récit digne d'un roman d'espionnage.

— Hélas, oui, affirme Vince, dépité de se voir enrôlé contre son gré dans une nouvelle aventure.

— Regarde ! On a fait des photos de la carte marine, du carnet et du tunnel, présente Julien pour mettre fin aux doutes de Ian. On aimerait que tu nous aides à comprendre cette histoire.

— Mais... comment ?

2. Incroyable !

— Les pages du vieux carnet photographiées dans la maison de l'île aux Mouettes sont en anglais. Tu nous rendrais un grand service en les traduisant.

— *No problem*[3] ! Montre-moi, demande Ian, plein de bonne volonté pour aider à démêler l'intrigue.

Julien lui tend sa tablette. Le jeune garçon s'approche et observe attentivement les photos. Ian reste silencieux et concentré. Au fur et à mesure de l'avancement de sa lecture, il semble très étonné.

— Alors ! Qu'est-ce que ça dit ? demande Théo, impatient de connaître le contenu du carnet.

— Elle est stupéfiante, cette histoire ! Je ne peux pas tout lire, car il y a des passages effacés et abîmés... En gros, c'est un *guy*[4] qui explique la mission du bateau sur lequel il va naviguer, le *Happy Ending* :

« *Je viens de surprendre une conversation secrète entre le commandant de bord et le second du navire. Le bateau qui va me permettre de rejoindre le port de New York transportera à son bord une cargaison de grande valeur : des pierres précieuses pour le compte de la compagnie du* Titanic *(The New White Star Line). Ces bijoux sont la propriété d'un richissime industriel anglais qui part s'installer avec sa famille en Amérique. Il voyagera à bord du RMS*[5] Titanic

3. Pas de problème !

4. Type, mec.

5. Royal Mail Ship. À partir de 1850, ce terme désigne les navires de compagnies privées qui transportaient le courrier de la poste britannique à l'étranger.

et, pour protéger ses biens d'hypothétiques voleurs ou d'un naufrage, la compagnie de la New White Star Line fait voyager sa fortune sur un autre navire, par sécurité. »

Ensuite il parle de sa tristesse de laisser sa famille loin derrière lui pour une si longue période.

— Il ne croyait pas si bien dire, pense tout haut Jeanne. Pauvre homme ! Quel étrange destin pour le *Happy Ending*, qui porte si mal son nom, et pour le *Titanic* : ils coulent le même jour, le 15 avril 1912.

— Oui, c'est triste... Leurs destins étaient liés. Il faudrait que nous en sachions plus sur ce *Happy Ending*. D'où venait-il ? Où a-t-il coulé ? Qui étaient les membres d'équipage, etc., précise Julien.

— Où va-t-on trouver tout ça ? questionne Jeanne.

— Aux archives départementales de Quimper. Toutes les infos doivent y être répertoriées. On peut y aller cet après-midi en prenant le car.

— Je peux vous accompagner ?

— Bien sûr, Ian. Tu fais partie de l'équipe, lui répond Jeanne. D'ailleurs, on devrait s'appeler les 5.Sets maintenant !

À 13 h 30, le car quitte Concarneau direction Quimper, avec à son bord cinq jeunes, motivés à découvrir le maximum d'informations sur cet étrange navire à la triste destinée.

Arrivés aux archives départementales, ils s'installent sur des tables situées au fond de la salle de lecture et demandent le registre des naufrages qui ont eu lieu au cours l'année 1912 dans le Finistère. On leur apporte un lourd volume relié. Les pages, jaunies par le temps, sont en papier épais. Tout y est écrit à l'encre.

— *Oh, my God*[6] ! Il est vraiment vieux ce livre, lance Ian surpris de voir un tel ouvrage en libre-service.

Julien prend l'initiative d'ouvrir le registre et recherche dans la table des matières le mois et le nom du bateau. Ses yeux parcourent de haut en bas la longue liste manuscrite des navires naufragés durant cette année.

— Voilà, j'ai trouvé le *Happy Ending* : numéro 14, s'exclame Julien.

— Allez, lis ! Je prends des notes, trépigne Jeanne.

Les cinq amis sont tous attentifs et prêts à en apprendre davantage sur cette histoire. Julien tourne précautionneusement les pages du vieux registre, jusqu'au numéro 14. Quatre pages sont consacrées à ce navire. Tout y est détaillé : l'année de construction du bateau, ses caractéristiques, son port d'attache, le jour où il a pris la mer, le nom de tous les membres d'équipage. De même que sa mission de représentant de la Royal Navy lors de la célébration du *Titanic* à New York, pour le record de traversée de l'Atlantique que le navire devait battre, les coordonnées exactes de l'épave, etc.

— Le navire venait de Southampton, en Angleterre,

6. Oh, mon Dieu !

et sa destination était bien New York, chuchote Julien.

— Oh ! Comme le *Titanic* ! fait remarquer Vince.

Julien reprend la lecture.

— Apparemment, après quelques heures de traversée, le bateau a essuyé une tempête. Il a été très endommagé et a dérivé plusieurs heures, avant de s'échouer près de l'archipel de Glénan. Parmi l'équipage, on trouve Michael Mc Allister, « embarqué en tant que peintre de la Marine ». Il est noté qu'il n'y a aucun survivant. Tous les hommes ont péri. Oh ! Il y a un passage où on parle d'affaires retrouvées après la tragédie. Tiens ici... ça pourrait nous intéresser : quelques jours plus tard, un coffre en bois fermé à clef a été retrouvé échoué sur la plage de Mousterlin, à Fouesnant. Il contenait un journal personnel appartenant à l'un des naufragés.

— Ça pourrait être le carnet que nous avons vu et photographié sur le bureau de l'île aux Mouettes.

— Possible, Jeanne. Si c'est le cas, comment ce carnet peut-il se retrouver entre les mains des gens de l'île ? répond Julien, intrigué par cette histoire.

La lecture de tous ces éléments sur le bâtiment naufragé suscite des tas de questions et laisse pantois les cinq jeunes. Ils sont bouleversés par le tragique destin de Mc Allister et des deux navires engloutis le même jour, à des milliers de kilomètres de distance.

— Demain, nous devrions prendre une navette au port de Concarneau pour retourner aux Glénan observer de près le Tatoué et ses acolytes. Qu'en pensez-vous ? propose Théo.

— C'est d'accord ! répondent Jeanne et Ian.

— Je vous suis, si on prend la navette et pas le tunnel pour s'y rendre, annonce Vince.

— Cette histoire me passionne ! Je veux comprendre. Qui sont-ils, ces gens sur l'île ? Pourquoi ils s'intéressent, plus de cent ans plus tard, au *Happy Ending* ? Quel est leur but ? explique Julien.

— Maintenant qu'on sait que l'épave renferme peut-être des pierres précieuses, on peut imaginer la motivation de ces gars...

— Rentrons. Nous n'avons plus rien à faire ici, dit Julien en refermant le registre.

Ils quittent la salle de lecture et se dirigent vers la sortie. Au moment où Jeanne pousse la porte, elle tombe nez à nez avec... le Tatoué et Queue-de-cheval !

— Je t'en prie, passe, lui dit le Tatoué d'un ton très aimable et souriant.

— Merci ! répond Jeanne fébrilement.

Sans demander leur reste, les quatre garçons la suivent, tandis que les deux hommes se dirigent vers l'entrée de la salle de lecture.

— Jeanne, t'es grillée ! Ils t'ont vue ! Il faut que tu fasses gaffe maintenant, peste Julien.

— Ils viennent sûrement consulter le même registre que nous, dit Ian.

— Oui... Ouf ! On a eu chaud ! Imaginez si on avait demandé le même document, en même temps. Là, ils nous auraient suspectés de quelque chose.

— J'ai hâte à demain. Pour espionner ces gens louches, s'exclame Théo, exalté par cette affaire.

Chapitre 10

Départ pour l'île Saint-Nicolas

Après un bon petit-déjeuner pris dans la cour de la maison, nos aventuriers sont prêts pour attraper le ferry de 10 heures, en partance pour les îles Glénan. Yvonne leur a préparé un pique-nique pour le midi. Sur ses recommandations, ils quittent la maison à vélo, direction le port de plaisance de Concarneau, en contrebas de la ville close. Ian est déjà là, il attend ses nouveaux amis, accompagné de Bob, son papa.

— *Hello* ! C'est une bonne idée les enfants, d'aller vous amuser sur l'île Saint-Nicolas. Je suis content que Ian ait trouvé des copains. Je viens te récupérer ce soir à l'embarcadère. *Be careful*[7] et bonne journée, s'exclame le père du jeune étranger.

Tous saluent Bob et embarquent à bord du petit ferry, bondé de touristes. Ils s'installent à l'arrière du navire.

---

7. Soyez prudents.

— J'ai réussi à emprunter les jumelles de mon grand-père. Je les remettrai à leur place ce soir et il n'y verra que du feu.

— Moi, j'ai pris mon appareil photo. Ça peut servir, ajoute Jeanne.

L'*Aigrette* largue les amarres, manœuvre en marche arrière pour s'éloigner de la cale et quitte enfin le port à petite vitesse. Puis, à trois milles des côtes, le bateau accélère, mettant plein gaz pour filer vers les îles, créant derrière lui un beau sillon d'écume et de jolies vagues qui font tanguer les petits bateaux qu'il croise. Les 5.Sets s'amusent à regarder les apprentis marins de l'école de voile, dans leurs Optimists, crier à l'approche des grosses vagues créées par l'*Aigrette*. Ils profitent de l'heure de croisière pour échanger leurs points de vue sur cette étrange affaire et sur l'invraisemblable tunnel, quelque part sous le sillage du bateau...

Ils débarquent sur l'île Saint-Nicolas et avancent vers l'un des seuls commerces de l'île ; le café-bar. Ils décident d'aller voir le poste de secours pour essayer de glaner quelques informations au sujet des occupants de la maison de l'île aux Mouettes. Julien s'avance :

— Bonjour Monsieur !

— Bonjour, répond le maître-nageur sauveteur.

— J'ai une question à vous poser. J'aimerais savoir qui vit dans la jolie maison de l'île aux Mouettes ?

— Beaucoup de visiteurs me posent cette question.

En ce moment, elle est occupée par une équipe de télévision étrangère. Ils sont venus réaliser un reportage sur les oiseaux de l'archipel, répond le CRS.

— Ah... Très bien. Merci et bonne journée.

Le groupe s'éloigne du poste de secours et se met un peu à l'écart des touristes.

— Bon les gars, maintenant c'est clair. Les personnes qui occupent la maison sont des imposteurs et se servent d'une couverture pour cacher leur véritable action, annonce Vince sans étonnement.

— Ce sont tout simplement des pilleurs d'épaves. Leur seul objectif est de récupérer les objets précieux sur le *Happy Ending*, affirme Julien.

— Bien sûr ! Nous n'avons vu aucune caméra, ni objets en lien avec les oiseaux quand nous avons exploré leur bureau, s'exclame Jeanne. Par contre, nous avons trouvé une carte des fonds marins avec une croix sur le lieu du naufrage du bateau anglais et tout un matériel de plongée dans le cabanon !

— J'ai quand même deux questions, intervient Julien. Comment ont-ils su pour la cargaison secrète du *Happy Ending* et quel est le lien dans cette histoire avec la disparition de William Mc Allister ?

— La seule source qui dévoile la nature de la cargaison secrète du navire est le carnet de Michael Mc Allister. On sait que les pilleurs l'ont en leur possession. Mais comment ont-ils pu l'obtenir ?

— Quand le carnet a été retrouvé en 1912, échoué sur la plage de Mousterlin, les autorités maritimes françaises ont sûrement dû le rendre à la famille de Michael, c'est-à-dire à sa femme et son fils, par l'intermédiaire des mêmes autorités britanniques, lance Julien.

— Vous pensez que le Tatoué, Queue-de-cheval et les autres ont kidnappé le lord anglais ? demande Vince.

— Aucune idée. Il faudrait aller fouiller la maison.

— Bonne idée Théo ! Nous devons savoir si le lord est le prisonnier de ces hommes. Ensuite, on avertit la police de leurs manigances, recommande Jeanne.

— La meilleure manière pour s'approcher au plus près de l'île aux Mouettes sans se faire remarquer, c'est par la mer. Allons louer des canoës, suggère Théo.

— Excellente idée !

Ian reste muet. Il observe ses compagnons et est stupéfait par la soif d'aventure et le courage de ses nouveaux amis. Ils sont prêts à élucider avec détermination une affaire probablement dangereuse sans l'aide des adultes. Pour lui, c'est nouveau et impensable. Mais eux n'ont pas froid aux yeux !

Il suit avec fierté le groupe qui se dirige vers le loueur de canoës. Quand soudain, en chemin, ils croisent... Queue-de-cheval ! Ils ne l'ont pas vu venir, trop concentrés sur leur organisation, et se sentent pris au piège. Impossible de fuir, ça attirerait trop son attention. Les ados passent près de lui comme si de rien n'était, mais l'homme est attiré par le visage de Jeanne. Il la fixe avec insistance. Le groupe passe son chemin. L'homme se retourne...

— Excusez-moi, jeune fille ! Vous n'étiez pas aux archives départementales de Quimper hier après-midi ? interroge Queue-de-cheval avec un accent anglais.

Jeanne se retourne, son cœur bat la chamade. Elle devient rouge écarlate mais ne perd pas pied.

— Heu... non ! Vous devez vous tromper... je... je suis arrivée hier chez mes grands-parents, pour les vacances, lui répond-elle en bafouillant.

— Il me semblait te reconnaître... répond l'homme perplexe. Désolé ! Bonne journée.

— Ah ? est le seul mot qui sort de la bouche de Jeanne en guise de réponse...

Queue-de-cheval poursuit son chemin, en se retournant une dernière fois sur Jeanne.

— Aïe ! Je ne suis pas sûr qu'il t'ait crue, lance Théo.

— Non, moi non plus, répond Jeanne.

— On est repérés. Maintenant, il va falloir être très vigilants. Car s'il nous voit rôder près de l'île, il risque de nous chercher des ennuis.

— Vous êtes *crazy*[8], les amis ! Malgré le danger vous continuez, s'exclame Ian, abasourdi par leur cran.

— **Ha ha**... On a l'habitude ! rigole Vince.

---

8. Fous.

Les cinq copains louent deux canoës pour la journée et se les répartissent. Théo et Julien dans une embarcation, Jeanne, Vincent et Ian dans l'autre. Ils chargent leurs affaires, enfilent leurs gilets de sauvetage et commencent à pagayer en direction de l'île aux Mouettes. La marée mi-haute leur permet de suivre au plus près le rivage. La plage est bondée de touristes. Ces derniers ont planté leur campement pour la journée : parasol, tentes protectrices de soleil... Et beaucoup de bateaux sont à l'ancre près de la plage. Tout cela facilite le camouflage de leurs embarcations alors qu'ils continuent de longer la côte.

Chapitre 11

Pêche aux informations

Les deux canoës se suivent sur une mer très calme. Ils laissent la plage sur bâbord (leur gauche), Théo et Julien en tête et le trio derrière. Ils progressent lentement sur les eaux transparentes et cristallines qui caractérisent si bien Glénan. Des sternes virevoltent et crient au-dessus de leur tête.

— Que c'est beau ! J'ai envie de plonger dans la mer, lance Ian.

— Tu peux, mais attention, elle est glaciale ! Elle ne dépasse jamais les 18 °C, lui répond Vince.

— **Pffff**, n'importe quoi ! Ne l'écoute pas Ian, Vince est une petite nature, se moque Jeanne.

— Évidemment, elle... rien ne l'arrête, rétorque Vince pour avoir le dernier mot.

Les rameurs se talonnent et s'arrêtent un instant à une bouée de mouillage libre pour observer la plage et l'île aux Mouettes dans son ensemble et à distance.

— Regardez ! On voit Queue-de-cheval marcher sur la plage, il se dirige vers l'île, constate Théo.

— Oui, je le vois. Il est presque arrivé. Il tourne derrière la maison. Zut, on l'a perdu de vue !

— J'ai un plan. On va se séparer, organise Julien, en fin stratège. Jeanne et Vince, vous allez sur la plage le plus près possible de l'entrée de l'île aux Mouettes. Vous vous installez. Ce sera notre point de ralliement. Votre mission est d'observer tous les mouvements sur l'île : ceux qui en sortent et ceux qui y rentrent. Théo, tu leur laisseras les jumelles de ton grand-père. Pendant ce temps, Théo, Ian et moi allons tenter d'accoster l'île et de se rapprocher le plus possible des malfrats pour les espionner et obtenir le maximum d'informations. Chacun va de son côté et on fait le point dans une dizaine de minutes.

Ian passe de son canoë à celui de Julien et Théo en jouant l'équilibriste. Le bateau tangue un peu, mais le jeune garçon passe de l'un à l'autre sans trop d'encombres.

— Soyez prudent, les gars, conseille Jeanne.

— Là, on reconnaît bien les filles... **ha ha** ! ricane Théo.

Jeanne tire la langue et fait une grimace à Théo, seule réponse qu'il obtiendra de la jeune fille. Les équipes se séparent et chacune pagaie vers son poste.

Jeanne et Vince accostent sur la plage. Ils remontent le canoë le plus haut possible sur le sable, pour qu'il ne soit pas emporté par la marée montante, et s'installent non loin du chemin qui marque l'entrée de l'île aux Mouettes. Après avoir étendu leurs serviettes sur le sable, ils partent explorer le mince cordon de sable, qui, d'ici quelques heures, ne sera plus accessible à cause de la marée montante.

— Tu as vu ça ? interroge Vincent.

— Oui, je vois ! Ils n'y vont pas de main morte. Ils ont créé une pancarte vraiment dissuasive !

Ils se trouvent face à une imposante pancarte d'interdiction de pénétrer sur l'île sous peine de poursuite.

— Comme si l'écrire en deux langues : « Défense d'entrer » et « *No trespassing* » ne suffisaient pas, ils y ont dessiné une affreuse tête de mort !

Jeanne prend naturellement le commandement des opérations :

— Je fais une photo de la pancarte, retournons sur nos serviettes de bain.

Pendant qu'ils s'installent l'air de rien à leur poste d'observation, les trois autres débarquent discrètement sur les rochers qui entourent une partie de l'île aux Mouettes. De là où ils se trouvent, ils n'entendent pas le moindre bruit venant de la petite maison. Ils hissent leur embarcation au sec et s'approchent tout doucement de l'habitation.

Les garçons s'allongent dans la tourbière et observent la scène. Ils sont postés à quinze mètres en contrebas de la maison. Les malfrats sont assis au soleil autour d'une table de salon de jardin, à l'abri de tous les regards. Théo lève la tête avec précaution en direction du groupe. Il reste observer quelques secondes et se remet face contre terre.

— Ils sont quatre : Queue-de-cheval, le Tatoué, la femme rousse et un autre homme que j'ai aperçu tout à l'heure sur le bateau en partance pour l'archipel de Glénan. Je ne comprends rien à leur conversation, ils parlent anglais.

— À toi de jouer, Ian, lance Julien en lui tapotant l'épaule.

C'est une première pour le jeune américain. N'écoutant que son courage, il se hisse et rampe prudemment vers le groupe d'adultes qui discute. Puis, il tend l'oreille.

— Tu en as mis du temps ! râle la femme après Queue-de-cheval.

— Il y a plein de touristes aujourd'hui sur l'île. J'ai cru apercevoir une gamine que nous avons croisée hier aux archives. Je me suis arrêté pour lui demander. Elle m'a répondu que ce n'était pas elle... mais je suis persuadé du contraire. Pourquoi m'aurait-elle menti ?

— Ha ha... Parce que tu crois que la police engage des gosses maintenant ? se moque la femme.

— Oui, je me souviens de la gosse, maintenant que j'y repense, dit le Tatoué. Elle était accompagnée de plusieurs jeunes du même âge. Sûrement une coïncidence, elle paraissait bien inoffensive cette petite. Tu as surtout dû l'effrayer. Tu es trop méfiant, Tim. Détends-toi, profite un peu !

— Ouais, je sais Greg... Mais, quand même, il y a quelque chose qui me dérange avec ces gamins, répond pensivement Queue-de-cheval.

— Les gars, revenons aux choses sérieuses ! recadre la femme. Ce soir, dès que la marée sera haute, nous effectuerons notre première plongée sur l'épave. Tenez-vous prêts pour 17 h 15. Pour la mission il nous faut : Greg pour piloter le semi-rigide et deux plongeurs : Tim et moi. Dan, tu resteras en faction dans la maison, en liaison radio permanente avec nous.

Ian pense en avoir assez entendu et décide de retrouver les autres. Il recule lentement et disparaît sans tambour ni trompette. Le trio ne traîne pas, remonte dans le canoë et pagaye jusqu'à la plage où Vince et Jeanne les attendent.

— Alors ? demande Jeanne aux garçons à peine arrivés, impatiente de connaître leur découverte.

Ian explique tout ce qu'il a entendu au groupe.

— C'est donc pour ce soir, lance Julien.

— Mince, 17 h 15, c'est l'heure à laquelle le bateau repart de l'île pour Concarneau.

— Tant pis ! On rentrera par le tunnel. On trouvera bien un moyen pour y accéder en cachette.

— Tu plaisantes, Théo ? S'ils nous attrapent... On est morts ! Tu as bien écouté Ian ? Queue-de-cheval nous soupçonne, proteste Vince.

— On va être plus malins qu'eux. Allez, on va manger les bons sandwichs de Mamie et tu verras, Vince, après tu auras une âme de conquérant.

— Et mon père ? Il va s'inquiéter s'il ne me voit pas à l'embarcadère ce soir, s'alarme le jeune américain.

— On va trouver une solution. On va leur envoyer un message pour leur dire qu'on prend le dernier bateau car on s'amuse bien ici. Ce n'est pas faux, non ? répond malicieusement Théo.

Tous acquiescent et s'installent sur leurs serviettes face à l'entrée du petit chemin qui mène, à travers la dune de sable, à la maison des imposteurs. La marée continue de monter petit à petit.

— J'ai oublié de vous dire que la femme a nommé les hommes par leurs prénoms. Alors, le Tatoué se nomme Greg, Queue-de-cheval, c'est Tim et le troisième homme s'appelle Dan. Par contre je ne sais pas pour la femme.

— Bon boulot Ian, félicite Julien tout en mordant dans son sandwich.

— Notre mission, après le départ du zodiac des pilleurs sur le lieu du naufrage, sera d'aller visiter la maison pièce par pièce pour vérifier que le lord anglais n'y est pas retenu prisonnier, dit Théo.

— N'oublie pas qu'il y a un homme en faction dans la maison ! rétorque Jeanne.

— Il faut qu'on trouve un moyen de l'attirer à l'extérieur de sa tanière...

Chapitre 12

Mission d'observation

La marée a bien progressé depuis que les 5.Sets se sont installés pour déjeuner. À plusieurs reprises, ils ont été obligés de remonter leurs canoës sur la plage. Il ne reste plus beaucoup de sable. Les touristes, pour la plupart, sont partis installer leur campement un peu plus loin.

— J'ai peut-être une idée pour éloigner l'homme qui garde la maison, s'exclame Vince.

— On t'écoute...

— Il faut qu'on appelle le poste de secours de Saint-Nicolas pour leur dire qu'un colis urgent vient d'arriver. On dit qu'il doit être récupéré au café de l'île par les personnes qui occupent la maison de l'île aux Mouettes et que c'est très urgent. Ça devrait suffire pour que le CRS les appelle. Le malfrat viendra le récupérer, ce qui nous laissera environ vingt minutes de répit.

— Bonne idée Vince ! Mais j'y pense, il ne peut plus passer à pied : la marée est haute, rétorque Julien.

— Si ! J'ai vu qu'ils possédaient un deuxième petit zodiac amarré près de la maison, dit Théo.

— Alors super ! On part sur cette idée. Tout le monde est d'accord ?

À l'unanimité, ils valident cette idée et se font un check.

— J'ai quand même la trouille d'aller visiter la maison, dit Vince.

— Tu n'es pas le seul, ajoute Ian.

— Vous ne pensez pas que nous devrions appeler la police pour dénoncer ces hommes ?

— Jeanne a raison. Cette histoire nous dépasse. Elle n'est pas de notre ressort. On devrait appeler l'inspecteur Philippe Dufour[9] avant de se mettre en danger, réagit Julien.

— On fouille la maison et si Mc Allister ne s'y trouve pas, on appelle la police. Ça vous va ? propose Théo.

— Et si on se fait prendre à l'intérieur de la maison ? Ils peuvent nous séquestrer, craint Vince.

— C'est le risque... Mais on ne se laissera pas surprendre. On est plus malins qu'eux.

Les autres se regardent et hésitent. C'est effectivement imprudent, mais en même temps c'est grisant. Ils

---

9. Inspecteur que les héros ont rencontré lors de leur précédente aventure racontée dans *Complot sur l'Open*.

réfléchissent, pèsent le pour et le contre... Finalement, ils décident de tenter le coup et d'aller explorer la maison à la recherche du fameux lord. Ils conviennent qu'ensuite, ils téléphoneront à l'inspecteur pour le mettre au courant de leurs suspicions.

— Envoyons un SMS à nos familles pour leur dire que nous rentrerons par le dernier bateau de 18 heures. Comme ça, ils ne s'inquiéteront pas de notre retard, propose Julien.

— Au pire, on pourra rentrer par le tunnel secret si on loupe le bateau.

— Attention ! Ça bouge sur l'île, alerte Vince.

Tous se retournent vers la petite grève en contrebas de la maison et aperçoivent l'un des hommes, Greg, dit le Tatoué. Jeanne se saisit des jumelles et scrute les moindres détails.

— Il est près du zodiac, il dépose du matériel à l'intérieur du bateau. Il est rejoint par Queue-de-cheval et la femme. Ils effectuent des allers-retours entre la maison et le bateau. L'équipe prépare sa mission, comme une action commando. Les bouteilles de plongées sont déposées à bord. Le Tatoué semble étudier les cartes qu'on a vues à l'intérieur de la maison.

— C'est parti. Ils se préparent pour plonger sur l'épave du *Happy Ending*, dit Théo.

— Queue-de-cheval et la femme ont revêtu leurs combinaisons de plongée. Ils montent à bord.

— Il est temps d'appeler le centre de secours de l'île pour éloigner le gardien de la maison pendant vingt minutes, conseille Julien.

— C'est toi qui téléphones, Ian. Ton accent va faire sensation sur le CRS. Il n'y verra que du feu.

— Excellente idée, Vince !

Ian se saisit du mobile de Jeanne.

— Bonjour... un colis urgent... pour l'île aux Mouettes... au café...

— Bien joué, Ian ! s'extasie Jeanne.

— Le CRS m'a répondu qu'il allait transmettre immédiatement mon message aux occupants de l'île. explique Ian, content et enivré par son action.

— Notre plan s'annonce sans accrocs.

— Le temps que l'homme sorte de la maison, approchons-nous de l'île par la côte. Ainsi, dès qu'il quittera la maison, nous serons prêts à nous y engouffrer.

Nos aventuriers ramassent leurs affaires et remettent les canoës à l'eau. Ils montent à bord et commencent à pagayer en direction des rochers qui bordent l'île aux Mouettes. Les coups de rames sont un peu désordonnés, mais les embarcations avancent tout de même. Ils accostent sur l'île par le côté rocailleux et hissent leur canoë sur les rochers à l'abri de la marée montante.
— Mettons nos portables sur silencieux pour ne pas être repérés comme la dernière fois à l'Open ! recommande Julien très précautionneux.

— Approchons le plus discrètement possible de la maison, dit Théo.

Chacun rampe sur le sol sablonneux pour se frayer un chemin sans être vu. Puis ils s'arrêtent à un point stratégique où ils visualisent à la fois l'entrée de la maison et le zodiac des pillards, sur le départ pour le site de l'épave. Julien murmure les dernières consignes du plan qu'il a élaboré.

— Une fois à l'intérieur, on va se séparer. Jeanne et Ian vous explorez l'étage. Théo, Vince et moi nous nous occupons de fouiller tout le rez-de-chaussée. N'oubliez pas, on a un gros quart d'heure avant le retour du mec ! Alors soyons rapides et efficaces.

— Regardez ! L'homme sort de la maison, il se dirige vers les autres malfrats.

— La voie est libre. C'est le moment ou jamais pour s'engouffrer dans la maison, lance Julien.

— À trois, on y va ! Vous êtes prêts ?

— J'ai les pétoches ! Mon cœur bat à cent à l'heure ! Mais je suis prêt, répond Vince, le teint blafard dû à la trouille.

— Respire un bon coup et ça va aller. Allez go ! crie Théo à toute l'équipe.

Tous se mettent à courir le plus vite possible, le corps courbé pour être le moins repérable possible. Ils pénètrent dans la maison. Comme prévu, Jeanne et Ian prennent les escaliers et montent à l'étage.

Julien, Théo et Vince se partagent les pièces du bas. La fouille commence, ils scrutent les moindres recoins. Ils ouvrent toutes les portes, les placards... Théo va même jusqu'à tapoter sur les cloisons pour trouver une éventuelle cache ou un passage secret comme le tunnel. Mais rien. Ils se regroupent près de la porte d'entrée.

— Rien ! Maison vide. Personne n'est caché ici, déclare Julien.

— On a déliré les gars. Allez, déguerpissons au plus vite avant de se faire prendre, dit Jeanne.

— **Zut** ! Planquez-vous ! Les pilleurs reviennent par ici, alerte Vince qui entend et voit les hommes s'approcher dans le reflet de la vitre de la porte.

Dans l'urgence et l'affolement, ils courent se cacher dans le bureau. Jeanne et Ian ont juste le temps de sauter au fond d'une grande malle métallique près de la bibliothèque. Vince, derrière les rideaux, Julien et Théo derrière le canapé. Tous retiennent leur respiration à l'arrivée des malfrats dans la pièce.

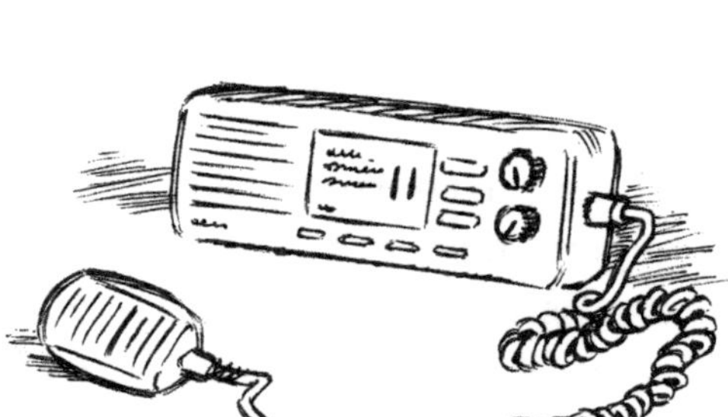

Chapitre 13

La course-poursuite

Le Tatoué, suivi de la femme, de Queue-de-cheval et du dernier homme pénètre dans la pièce. Ils s'installent autour du bureau, celui où est étalée la carte des fonds marins de Glénan.

— J'espère que ça ne va pas être trop long ! J'étouffe dans ma combinaison de plongée, se plaint l'Anglaise.

— Je n'en sais pas plus que toi, Maggie. Le boss m'a demandé par VHF[10] de tous nous regrouper pour lui donner des infos sur l'opération de plongée de ce soir, répond le Tatoué.

Pendant ce temps, nos jeunes aventuriers sont aux premières loges pour écouter leur conversation. Chacun dans sa cachette est mort de trouille à l'idée d'être démasqué. Jeanne et Ian suffoquent. Vince n'ose

---

10. Radio à très hautes fréquences utilisée notamment dans l'armée, mais aussi en mer ou dans l'aéronautique.

pas respirer de peur d'attirer l'attention sur lui. Julien et Théo sont à quatre pattes et ne bougent pas d'un millimètre pour ne pas faire de bruit.

— **Tchhhh Tchhh**... *Hello, hello* ! Vous êtes tous là ? **Tchhh Tchhh**...

La réception est mauvaise et grésille. La voix d'un homme à l'accent anglais se fait entendre.

— Affirmatif ! On vous écoute, répond le Tatoué.

— Annoncez-moi le déroulement de l'opération « Happy Ending » de ce soir. À vous.

— Reçu. L'équipage du zodiac sera composé de trois personnes : moi au pilotage et Maggie et Tim à la plongée. Dan reste dans la maison en communication permanente avec nous. Il a une mission d'assistance en cas de problème. Le départ sur le lieu du naufrage est prévu dès la fin de notre communication. Sur place, les plongeurs effectueront chacun leur tour une plongée courte d'environ 20 minutes, en raison de l'eau froide et des forts courants marins. D'après nos calculs, le *Happy Ending* repose entre 25 et 30 mètres de profondeur. L'objectif de l'opération est de trouver le coffre contenant les pierres précieuses et de le remonter à bord de l'embarcation. Terminé. À vous.

Les 5.Sets ne perdent pas une miette de la conversation entre les malfrats et celui qui est sans doute leur commanditaire.

— Parfait ! Tenez-moi au courant de l'avancée de la

mission. On se retrouve à la planque. N'oubliez pas une chose : si vous trouvez le trésor, vous devenez des hommes riches... Alors, au boulot ! Terminé.

Puis, silence radio, le grésillement de la VHF disparaît. L'affaire se précise. Julien et ses amis avaient raison de penser que ces gens étaient louches. Cet échange confirme leur statut de pilleurs d'épaves et de voleurs de trésors.

La conversation reprend entre le Tatoué et ses complices.

— Vous avez entendu le boss ? Pas une minute à perdre pour trouver et remonter ce foutu trésor ! s'écrie Queue-de-cheval, motivé par l'appât du gain.

— Je dois m'absenter une vingtaine de minutes, annonce Dan, le poste de secours de Saint-Nicolas m'a appelé pour récupérer un colis. Je n'ai aucune idée quant à l'identité de l'expéditeur.

— Ouais, c'est étrange, répond le Tatoué d'un air perplexe.

Les quatre individus sortent tous de la maison et se dirigent vers le zodiac. Ian et Jeanne sont les premiers à quitter leur cachette, rouges comme des homards cuits. Ils sont vite rejoints par le reste de l'équipe.

— On a failli étouffer là-dedans ! s'écrie Jeanne.

— On en sait assez sur ces hommes. Il est temps de déguerpir d'ici au plus vite et d'aller prévenir la police, dit Julien.

— Fuyons par le tunnel, c'est plus prudent. C'est trop risqué de passer par la porte d'entrée, ils peuvent nous repérer.

— Que fait-on des canoës ?

— Quand on sera à l'abri, on téléphonera au loueur pour l'avertir de l'endroit où nous les avons laissés. Rien à craindre pour les canoës... Mais pour nous, c'est une autre histoire, répond Julien, inquiet pour la sécurité du petit groupe désemparé.

Sans faire de bruit, Ian et Julien soulèvent délicatement la dalle qui ferme le passage secret. Vince descend le premier, suivi de Théo, Julien, Jeanne et Ian qui ferme la marche.

— Plus vite les gars, s'impatiente Jeanne qui n'a pas encore franchi les premiers barreaux de l'échelle.

Au même moment, Dan le malfrat pénètre dans la maison et surprend Jeanne et Ian en train de descendre l'échelle du tunnel ! L'effet de surprise passé, il empoigne les deux ados par le t-shirt et les tient fermement. Puis, il s'avance vers la fenêtre entrouverte du bureau et alerte ses complices. Jeanne et Ian se débattent et crient de toutes leurs forces.

— Lâchez-moi ! Grosse brute ! crie Jeanne en se démenant.

— *Shut up*[11] ! lui répond méchamment l'homme en la secouant pour qu'elle se calme.

11. La ferme !

Le Tatoué, Queue-de-cheval et la femme déboulent essoufflés dans la maison et assistent à la scène de bagarre entre Dan et les deux jeunes.

— Qu'est ce qui se passe ? C'est quoi ce cirque ? demande le Tatoué, étonné.

— J'ai surpris des gosses en train d'utiliser notre tunnel secret ! J'ai attrapé ces deux-là, mais les autres ont réussi à s'échapper. Vite ! Rattrapez-les !

— **Pffffff** ! C'est la gamine de ce matin ! Je t'avais dit, Greg, qu'il fallait s'en méfier, s'indigne Queue-de-cheval.

Le Tatoué et Queue-de-cheval se mettent à la poursuite de Julien, Théo et Vince. Ils descendent quatre à quatre les barreaux qui mènent aux wagonnets. Vince et ses amis se sont installés dans le wagonnet de tête. Julien met son talent de cycliste à l'œuvre et pédale de toutes ses forces vers Concarneau. Les cheveux au vent, agrippés fortement aux rebords de la berline, Théo et Vince jettent un coup d'œil par-dessus leurs épaules pour scruter leurs poursuivants dans l'obscurité.

Pour l'instant, les ados en panique ont un peu d'avance sur leurs assaillants. Mais ceux-ci les talonnent de peu, les grincements des roues de leur engin se rapprochent. Une course-poursuite s'engage entre les deux équipages.

Soudain, les deux wagonnets s'entrechoquent : **Boum** ! Le Tatoué agrippe le t-shirt de Julien et essaie

de le tirer dans son wagon. Julien résiste en le repoussant, tout en continuant de pédaler.

— Au secours ! Le mec est en train de me choper ! hurle Julien, la voix recouverte par le bruit assourdissant du roulement mécanique des wagonnets sur les rails.

Vince et Théo viennent à sa rescousse en frappant les mains et bras du Tatoué avec leur sac à dos. Il finit par lâcher prise. Puis Théo se penche et jette son sac à dos sous les roues de la berline des truands. Brutalement, le wagonnet freine et perd de la vitesse.

— **Hourra** ! hurlent les trois ados, contents de s'être débarrassé de ces sales types.

— Dès qu'on arrive à Concarneau, on appelle la police.

— Allez courage Julien... Encore quelques mètres et nous y sommes, s'impatiente Vince.

Enfin arrivés au bout des rails, ils descendent rapidement de leur petit transporteur. Julien reprend son souffle.

— J'ai une idée ! lance Théo. Poussons le wagon en direction de celui des malfrats.

Les trois compères poussent de toutes leurs forces sur la berline qui prend de la vitesse et disparaît dans le noir... Au bout de quelques secondes un grand **Bang** se fait entendre. Les deux poursuivants se mettent à hurler des grossièretés après les garçons.

— Bien joué Théo !

— Allons prévenir les flics ! dit Julien.

Les trois copains se mettent en course pour sortir du tunnel, mais ils ne sont pas au bout de leur peine. Alors qu'ils grimpent précipitamment les barreaux du puits qui mène vers l'extérieur, un autre complice, inconnu des garçons, les attend, pistolet en main.

— Stop ! Redescendez, ou je tire, ordonne l'homme, en menaçant directement Julien, Théo et Vince d'une arme à feu.

Chapitre 14

Le placard

Terrifiés par le pistolet pointé vers eux, nos jeunes détectives obéissent. Le nouveau malfrat, grand, ventripotent, aux cheveux grisonnants, regroupe les garçons sur la plateforme en contrebas de l'échelle. Les deux autres malfaiteurs rejoignent le trio, très énervés.

— Bande de petits morveux ! crie Queue-de-cheval, prêt à frapper du revers de la main un des gars. Le Tatoué l'arrête *in extremis*.

— Tu es fou ? Garde ton sang-froid. Tu veux aggraver nos ennuis ?

Puis il se tourne vers l'homme qui tient l'arme et l'interroge du regard. Celui-ci ne tarde pas à lui répondre.

— Je me présente : Claude La Perche. J'étais à la planque avec le boss, quand on a reçu un appel d'urgence de Maggie. Alors le boss m'a envoyé à votre rencontre pour que je puisse vous prêter main-forte.

— Merci ! Sans vous, les gosses nous échappaient, lance le Tatoué en serrant la main du nouveau complice.

— On ne vous attendait que demain, dit Queue-de-cheval en se présentant à son tour à l'homme.

— Je suis arrivé hier soir à Concarneau. Juste le temps pour le boss de m'expliquer la mission en cours, de prendre contact avec certains de mes amis receleurs, et me voici, dit-il en jetant un regard vers Julien, Vince et Théo complètement terrorisés.

— Retournons sur l'île rejoindre le reste de l'équipe, somme le Tatoué qui prend instinctivement les commandes des opérations.

Tous prennent place dans les wagonnets de façon très organisée, pour éviter toute esquive de la part des jeunes. Queue-de-cheval ouvre le convoi, en s'installant dans le premier wagon avec un de nos aventuriers et Claude La Perche, son arme pointée dans la direction des ados. Le Tatoué ferme le convoi dans un second wagonnet et les deux autres garçons. Après un trajet de quelques minutes, ils arrivent à bon port sur l'île.

La troupe est accueillie dans la maison de l'île par Dan et Maggie, soulagés de voir les trois fuyards récupérés. Le Tatoué présente Claude La Perche à ses complices.

— Ça devient une garderie ici !

— Qu'est-ce qu'on va faire d'eux ? interroge Maggie.

— On attend les ordres du boss. Pour l'instant, va les enfermer avec les deux autres, dit le Tatoué.

Maggie envoie Théo, Julien et Vince rejoindre Jeanne et Ian enfermés dans un petit placard sans fenêtre près de la cuisine. À la vue de leurs amis, Jeanne et Ian ouvrent de grands yeux surpris et emplis d'une grande déception. La captivité des garçons signifie que personne n'a alerté la police pour venir à leur secours. Ils sont perdus, pensent-ils. Triste et angoissant spectacle pour les trois garçons de découvrir leurs deux amis recroquevillés de peur l'un contre l'autre, poignets et chevilles liés avec du gros ruban adhésif. Avant de les abandonner avec les autres, Maggie leur attache à eux aussi les poignets et les pieds.

— Pas un mot ! Je ne veux pas vous entendre. Si j'entends un seul bruit ou un seul cri, je viens vous bâillonner. Est-ce que c'est clair ? ordonne-t-elle méchamment.

— Oui ! acquiescent-ils, la terreur dans les yeux.

Puis elle les laisse à leur sort dans l'obscurité la plus totale et tourne la clef à double tour dans la serrure.

— Ça va ? demande Julien à ses amis.

— Non ! Ça ne va pas du tout ! On est prisonniers dans un endroit ou personne ne pensera à nous trouver et la police n'est même pas au courant de notre disparition, s'exaspère Jeanne.

— **Chut !** Parle moins fort ! Sinon ils vont nous faire notre fête, répond Théo.

— Nos familles vont donner l'alerte ! C'est certain.

Et puis, le loueur de canoës verra bien qu'il lui manque deux embarcations. Il finira par s'inquiéter lui aussi.

— Nous avons tellement bien planqué les canoës qu'ils ne les retrouveront pas, nuance Jeanne, très pessimiste sur la possibilité que la police vienne ici.

Julien relate à Jeanne et Ian toute l'histoire de leur course-poursuite dans le tunnel. Ce qui a pour effet d'abaisser encore plus leur moral quand ils apprennent que les escrocs sont armés.

— Je ne sais pas pour vous, mais j'ai l'impression d'avoir déjà entendu parler de Claude La Perche. Mais où ? interroge Théo.

— Ça ne me dit rien, dit Jeanne.

— Le *guy* au flingue a dit qu'il venait de la planque et qu'il était avec le boss. Où est cette cachette ?

— J'ai ma petite idée. Je pense à la petite maison de la ville close. Là où nous avons vu le Tatoué rentrer et sortir. Il est fort possible que le commanditaire de l'affaire soit planqué là-bas.

— Mais oui, Julien a raison. Pourquoi, nous n'y avons pas pensé plus tôt, s'exclame Théo.

— Ça change quoi de le savoir ? On est emprisonnés ici. On ne peut prévenir personne, grimace Vince.

— Restons soudés les gars. Il doit être 20 heures, nos familles ont dû déclarer à la police notre disparition ! Ils vont remuer ciel et terre pour nous retrouver, rassure Julien.

Sur la note d'espoir de cette dernière phrase, ils se blottissent les uns contre les autres pour se rassurer et attendre la suite des événements.

De leur côté, les malfaiteurs se posent aussi une multitude de questions sur la présence des enfants dans leur repaire.

— C'est qui ces gosses ? Et comment sont-ils arrivés ici ? demande Maggie.

— Peut-être juste des petits curieux qui se trouvent au mauvais endroit au mauvais moment.

— Qu'importe ! Le problème, c'est qu'ils connaissent notre mission, notre passage secret et nos visages. On ne peut pas les relâcher avant d'avoir terminé notre boulot, dit le Tatoué.

— Leurs parents ont dû alerter la police. C'est dangereux pour nous, car d'ici quelques heures, l'île va grouiller de flics à leur recherche. Ils vont venir jusqu'ici pour nous questionner. Pour plus de sécurité, on devrait planquer les gosses dans le tunnel ou alors les transporter à la planque dans la ville close. Il faut voir avec le boss, propose Dan.

— **Shit**[12] ! À cause de ces marmots, notre plan est compromis ! Si on veut remonter le magot, sans danger, plus de temps à perdre : on doit plonger cette nuit, remonter le coffre et fuir le plus rapidement possible, explique Queue-de-cheval.

---

12. Merde !

— J'appelle le boss, décide le Tatoué.

Pendant près de dix minutes, ils s'entretiennent par radio avec leur chef. Ils prennent de nouvelles dispositions concernant la plongée et le sort des enfants.

— Les gars, voici les nouveaux ordres : on plonge cette nuit. Mais quoi qu'il arrive, ce sera notre unique plongée. Si nous ne remontons pas le coffre, nous annulerons l'opération ! Demain, à la première heure, on débarrasse tout et on quitte les lieux pour nous mettre en sûreté, dans le sud de la France. Avec les flics dans les parages, ça devient trop dangereux de continuer nos investigations, notifie le Tatoué à l'équipe.

— Qu'est-ce qu'on fait des mouflets ? interroge Dan.

— Les ordres sont de les abandonner ici.

Chapitre 15

La plongée

Toute l'équipe de truands se prépare à l'unique plongée de nuit. Queue-de-cheval rajoute dans l'embarcation deux grosses lampes torches. Plonger de nuit ne le dérange pas, c'est un ancien légionnaire anglais entraîné à braver tous types de météo, sur toutes les mers du globe. Maggie est aussi une excellente plongeuse. Elle a des années d'expérience dans le pillage d'épaves et a parcouru le monde entier. Pas une mer ou un océan ne lui est inconnu. Greg est un ancien commando de la Marine Française. Tous les trois travaillent ensemble depuis plus de dix ans pour un réseau de pillage illicite international, très bien organisé, de chasseurs de trésors sur des épaves. Ils écument et pillent les fonds des océans sur toute la planète. Pourtant, la tension est palpable dans leur attitude. Ils ont l'habitude d'être pourchassés par le

DRASSM[13] et les autorités des pays pillés, mais c'est une première pour eux d'être impliqués dans une histoire avec des enfants.

Dans la maison aussi on sent une nervosité ambiante. Dan, aidé de Claude La Perche, regroupe et range tout le matériel de l'expédition dans des caisses. Ils préparent leur fuite, qui se fera par le tunnel. Avant le retour des navigateurs, Dan partira en éclaireur par le tunnel récupérer leur véhicule et viendra attendre le reste de l'équipe près de la sortie. Dès l'arrivée de ses complices, ils chargeront leur matériel et l'équipe prendra la route pour leur QG[14] du sud de la France.

Dans l'obscurité du placard, les 5.Sets ne disent pas un mot. Ils restent silencieux, exténués par les émotions et la frayeur de ne pas être retrouvés par la police.

C'est dans cette atmosphère que le zodiac prend la mer en direction de l'épave du *Happy Ending*. Le Tatoué pilote l'embarcation, Maggie et Queue-de-cheval sont assis sur les boudins du pneumatique, l'un à bâbord, l'autre à tribord, le regard pointé vers l'horizon. La mer est beaucoup plus menaçante que dans l'après-midi. Des vagues se sont formées sous l'effet du vent. Le

---

13. Département des recherches archéologiques subaquatiques et sous-marines. C'est un service du ministère de la Culture qui a pour but de gérer et protéger le patrimoine culturel enfoui dans les eaux françaises.

14. Abréviation pour « Quartier général ».

Tatoué s'efforce de garder le cap, en luttant contre la houle.

— Ça ne va pas être facile avec les vagues d'amarrer le bateau sur le lieu de l'épave.

— Tu en as vu d'autres ! Tu trouveras une solution, répond Maggie, concentrée sur sa mission.

— Je pense que la séquestration des gosses te perturbe, lance Queue-de-cheval à l'encontre de Greg.

— Ouais. Je n'aime pas ça. Piller et voler de vieilles épaves, j'ai l'habitude. Mais toucher à des gosses... ça ne me plaît pas.

— C'est de leur faute. Ils n'avaient pas besoin d'aller fouiner dans nos affaires. Ça leur servira de leçon ! réagit Queue-de-cheval avec détachement.

— Pour que cela leur serve de leçon, il faudrait que leurs parents les retrouvent... ajoute méchamment Maggie en ricanant.

Le Tatoué se tourne alors vers la femme rousse et reste quelques secondes à la dévisager. Elle ne semble ressentir aucune compassion pour les enfants. Étrange, pense-t-il. Dix ans qu'il travaille avec elle et jamais il n'a décelé ce côté sans cœur de cette femme.

Au bout de quinze minutes de navigation, le pilote réduit les gaz du zodiac. Il approche au ralenti de l'endroit exact où repose l'épave du *Happy Ending* depuis cette funeste nuit du 15 avril 1912.

— Voilà, nous y sommes. Le *Happy Ending* repose

par 30 mètres au-dessous de nous, annonce le Tatoué en stoppant le moteur et en jetant l'ancre à l'eau.

Queue-de-cheval et Maggie ne disent pas un mot. Tels des automates, ils se préparent à plonger. La luminosité a rudement baissé depuis le départ de la plage. La visibilité est à peine de 25 mètres. Toute la navigation s'effectue au radar.

C'est Maggie qui va descendre la première. Elle enfile ses palmes, endosse sa bouteille d'oxygène et ajuste son masque de plongée. Une grosse lampe torche est attachée à sa ceinture. Elle s'assoit sur le boudin, dos à la mer, prête à s'élancer dans la mer houleuse. Un bout attaché à sa ceinture la relie au bateau. En cas de problème, il lui suffira de tirer sur le lien et elle sera automatiquement remontée à la surface par les deux hommes qui restent à bord. Elle fait signe d'un geste de la main que tout est OK et se laisse tomber en arrière dans l'océan. Maggie disparaît immédiatement de leur champ de vision. Le Tatoué se saisit de la VHF et rentre en contact avec Dan et La Perche, restés dans la maison de l'île aux Mouettes.

— **Allô, allô !** Ici Greg. Nous sommes arrivés au lieu de rendez-vous. La première bouée est à l'eau. Tout se passe comme prévu. À vous, notifie le Tatoué en message codé, pour déjouer les éventuels curieux.

— Bien reçu. Bon courage. Terminé.

— C'est parti, lance Queue-de-cheval.

— J'espère que nous allons vite récupérer le coffre, pour pouvoir déguerpir d'ici au plus vite. Cette affaire sent mauvais, se plaint Greg.

— D'accord avec toi. Je serai plus confiant, une fois loin d'ici. Tant qu'à être là, terminons le boulot et remontons le trésor.

Lentement, Maggie progresse vers l'épave qu'elle distingue dans le faisceau lumineux de sa lampe. Elle pénètre dans les entrailles du navire par le poste de pilotage où la roue du gouvernail est encore fixée sur son pied en bronze. Arrivée dans un obscur couloir qui la mène jusqu'aux cabines, côté tribord du pont principal, elle pousse une planche qui obstrue une entrée de cabine.

Là, elle tombe face à face avec un congre qui s'enfuit entre les stalactites de rouille du hublot. Maggie garde son sang-froid et continue sa fouille. La visibilité est mauvaise. De plus, le battement des palmes soulève des sédiments qui rendent l'eau encore plus trouble. Elle se faufile vers la cabine suivante. Le reste d'un vieux placard attire son attention. Elle explore à l'intérieur et aperçoit une forme sombre. En passant la main pour ôter les dépôts qui recouvrent la masse sombre, Maggie distingue une serrure... Elle attrape l'objet et **Bingo** ! C'est un coffre en bois. Elle le tire au maximum vers la sortie mais il est lourd. La pilleuse doit remonter car sa provision d'oxygène est sur la réserve de sécurité.

Alors qu'elle sort par l'arrière du navire, elle est attirée par un objet au sol coincé dans la rouille. Une bouteille en verre contenant un message. Elle l'attrape au passage.

Des bulles d'oxygène apparaissent à la surface. Maggie bondit hors de l'eau. Elle joint en cercle son index et son pouce. Signe qui ne trompe pas... OK ! Elle enlève son masque et se fait hisser à bord par les deux brigands des mers.

— J'ai repéré le coffre, les gars, dit-elle, tout essoufflée, en arborant un large sourire de satisfaction.

— **YES** ! crient les deux hommes en montrant le poing de la victoire.

— Il repose sur le côté tribord de l'épave, dans une des cabines. Il faut pénétrer à l'intérieur de l'épave. J'ai réussi à déplacer le coffre de quelques mètres pour une meilleure accessibilité. Il va falloir descendre à deux. On va attacher un bout au coffre. Comme je suis la plus fine, j'irai à l'intérieur de l'épave. Tim, tu tireras sur la corde et toi Greg tu seras chargé de nous donner du mou ou de tirer aussi sur le bout, explique Maggie à ses complices.

— Tu es certaine que c'est le bon coffre ?

— Je ne suis sûre de rien, mais c'est le seul que j'aie trouvé. Nous serons fixés dès que nous l'ouvrirons. Ah ! J'allais oublier. J'ai trouvé cette bouteille à bord... Je l'ai remontée par curiosité. On s'y intéressera tout à l'heure, répond Maggie en la posant délicatement à bord du zodiac.

— Allez... ne perdons pas de temps, s'exclame le Tatoué.

Sans attendre, Queue-de-cheval enfile sa bouteille d'oxygène et s'équipe pour plonger avec Maggie. Ils sont prêts pour l'opération de renflouement du coffre. Le Tatoué informe ses complices par VHF du résultat de la plongée de Maggie et de la suite des opérations. Jusqu'à présent, tout se déroule sans accroc.

— **Go !** lance le Tatoué aux deux hommes-grenouilles.

Plouf ! Plouf ! Les deux plongeurs se laissent tomber à la renverse dans l'eau pour l'ultime plongée de la mission : la remontée du coffre secret du *Happy Ending*.

Chapitre 16

À la rescousse

Sur l'île aux Mouettes, c'est l'effervescence. Petit à petit, la maison se vide de toutes les affaires des malfrats. Bientôt, plus aucune trace de leur passage ne sera visible. Des caisses pleines de documents et de matériel en tout genre s'entassent devant le tunnel. Dan a quitté la maison par le passage secret dès qu'il a appris la découverte du coffre par ses complices. C'est sur cette note positive qu'il a décidé de récupérer leur véhicule pour préparer leur fuite vers le sud.

La bande de jeunes aventuriers, serrés les uns contre les autres et dans un état léthargique, n'est pas au courant de la découverte du coffre. Ils n'entendent plus un seul bruit dans la maison et imaginent même qu'ils ont été abandonnés par les malfrats.

— J'ai trouvé ! Je sais où j'ai entendu parler de Claude la Perche, crie Julien en faisant sursauter les autres.

— Tu m'as fait peur ! Alors que je suis déjà morte de trouille, rouspète Jeanne, affolée.

— C'est qui ? demande Théo toujours très curieux.

— J'ai entendu parler de lui à la radio. Le jour où ton père nous a emmenés chez tes grands-parents. Les infos parlaient d'un type qui s'était évadé de prison, un receleur de renommée internationale. Je pense qu'il est venu ici se mettre à l'abri et en même temps s'occuper de receler le trésor du coffre du *Happy Ending* !

Bang Bing Boum ! Pas le temps pour Julien de finir ses explications... Un tohu-bohu se fait entendre dans la maison. Des pas qui courent dans tous les sens, des portes qui claquent, des voix qui crient...

— Ça doit être l'équipe du Tatoué qui rentre de leur plongée. Ils préparent leur fuite et ils vont nous abandonner ici, s'inquiète Vince.

— J'espère surtout qu'ils ne vont pas nous abattre, lance Ian, terrifié.

Ils se mettent à sangloter en pensant à ce que Ian vient de dire. Brusquement, la porte de leur cachot s'ouvre et plusieurs hommes armés et cagoulés apparaissent à la lumière de la porte.

— **Haaaaa** ! Les cinq crient et pleurent de désespoir, en mettant leurs bras devant les yeux pensant se cacher et se protéger de leurs agresseurs.

— Mais qui vois-je là ? Quatre têtes de mules que je connais bien, s'exclame une voix d'homme familière.

À ces mots, tous ôtent leurs bras de leurs yeux.

— Inspecteur Dufour, s'écrient de soulagement et de joie Jeanne et Vincent.

— Vous vous êtes encore mis dans de beaux draps les enfants ! C'est la deuxième fois ! Et jamais deux sans trois, lance l'inspecteur aux jeunes insouciants.

Il s'approche d'eux et défait leurs liens. À peine libérée, Jeanne lui saute au cou.

— Vous êtes vraiment inconscients ! Vous rendez vous compte que vos parents sont rongés d'inquiétude ? Vous êtes chanceux que mes hommes et moi vous avons retrouvés à temps. Les malfrats auraient pu s'enfuir, vous abandonner ici et le temps que l'on vous trouve... vous seriez morts de faim ou de soif, ajoute l'inspecteur Philippe Dufour en colère.

Tous baissent la tête et s'excusent de leur imprudence dans cette affaire.

— Comment avez-vous fait pour nous retrouver ? demande Julien.

— Avant de tout vous expliquer, on va appeler vos familles pour les rassurer.

Le policier appelle les parents et leur annonce la bonne nouvelle. Leurs enfants ont été retrouvés sains et saufs. Chaque jeune saisit le combiné avec appréhension pour dire un petit mot à ses parents et les soulager. Aucun des parents ne râle ou ne fait la morale. L'inspecteur a dû les briefer... Mais nos ados ne sont pas dupes... D'ici quelques jours, ils devront s'expliquer sur leur imprudence et les punitions vont tomber.

Les enfants sortent de leur prison et découvrent La Perche, menottes aux mains en état d'arrestation près de deux policiers cagoulés.

— Je connais son identité, lance Julien.

— Ah bon ?

Il raconte alors tout ce qu'il a entendu à la radio, il y a quelques jours. L'inspecteur téléphone à son bureau de Paris pour avoir le portrait de l'homme que Julien pense avoir identifié. À peine cinq minutes plus tard, Philippe Dufour reçoit un SMS de sa brigade qui confirme l'identité de l'homme qu'ils ont menotté : Claude La Perche, plus grand receleur d'objets précieux d'Europe.

— Belle prise ! Et grâce à vous les enfants, lance l'inspecteur, encore sur le coup de l'émotion.

— Grâce à notre « insouciance », inspecteur, répond malicieusement Théo.

Les enfants expliquent à l'inspecteur toute leur aventure. Ils l'informent qu'en ce moment trois complices sont en plongée sur une épave pour essayer de remonter un coffre contenant des objets précieux ayant appartenu à un riche passager du *Titanic*.

Ils n'oublient pas de mentionner le tunnel sous la mer et la maison de la ville close, peut-être leur QG et l'endroit où se cache le commanditaire de toute l'affaire.

Ils mettent également au courant les policiers qu'un autre homme, Dan, a quitté l'île un peu plus tôt. L'inspecteur et ses collègues ouvrent grand leurs oreilles et prennent des notes. Les hommes de M. Dufour sont bluffés par l'audace et la débrouillardise de ces cinq jeunes qui, pour certains, ont l'âge de leurs enfants.

— Ces gosses sont incroyables, lâche l'inspecteur, après le récit des enfants.

Sans perdre un instant, il appelle la gendarmerie maritime et les informe de l'affaire. Aussitôt, un patrouilleur sort du port de Concarneau avec, à son bord, plusieurs gardes-côtes. Le bateau file plein gaz sur le lieu de l'épave du *Happy Ending* avec pour mission d'arrêter les pilleurs.

— Maintenant M. Dufour, s'il vous plaît, demande à nouveau Julien, racontez-nous, comment vous nous avez retrouvés ?

— Grâce à toi, sourit Philippe Dufour, tout simplement !

— Comment ça ?

— Ton côté organisé t'a peut-être sauvé la vie, mon garçon ! précise le policier en expliquant toute l'affaire aux enfants. En fin d'après-midi, j'ai reçu un appel de détresse de ton père, Théo, me signalant votre disparition. Devant son inquiétude, j'ai décidé de prendre le premier vol pour Quimper. Deux heures plus tard, j'étais chez tes grands-parents. Tous vos parents étaient là, les tiens aussi Ian. J'ai fouillé vos chambres et ai découvert sur la tablette de Julien les photos du vieux carnet, vos notes concernant vos suspicions sur ces hommes, la maison de l'île, vos recherches aux archives et, le plus incroyable, ce tunnel. J'ai d'abord cru à une invention de votre part… Mais je me suis vite ravisé quand mes hommes et moi avons découvert avec exactitude l'emplacement de ce tunnel. À ce moment-là, j'ai tout de suite pensé qu'ils vous détenaient dans cette maison. Je me suis dit, connaissant votre côté fouineur, que vous aviez dû mettre votre nez de trop près de cette affaire et vous faire repérer, plaisante Philippe Dufour. De leur côté, mes hommes ont reçu un appel du poste de secours de l'île Saint-Nicolas. Le sauveteur pensait à une noyade voyant que des canoës n'étaient pas rapportés. Quand on m'a informé que les loueurs étaient des enfants, il n'y avait plus de doute. Les personnes louches que Julien avait décrites sur sa tablette vous détenaient !

— On te doit une fière chandelle Julien, dit Vince encore marqué par cette mauvaise journée.

— Vincent a raison. Promis, je ne me moquerai plus de toi en te traitant de perfectionniste, plaisante Théo, qui a enfin retrouvé sa joie de vivre.

— Bon les enfants, vous allez rester sagement dans la cuisine et ne pas bouger. On ne peut pas encore vous ramener à vos parents car l'opération de police n'est pas terminée. Nous devons faire face à un possible revirement de situation. L'équipage des malfrats peut revenir ici d'un instant à l'autre pour fuir la gendarmerie maritime. Mes hommes et moi devons nous tenir prêts à intervenir en cas de besoin... Il reste cinq hommes à appréhender.

Chapitre 17

Opération de police

En pleine mer, le patrouilleur de la gendarmerie fonce plein gaz. Le bateau écrase les vagues sur son passage et crée dans son sillage de larges remous. En dix minutes, le navire militaire arrive sur le théâtre des opérations. Un garde-côte posté sur la vigie avant aperçoit dans ses jumelles infrarouges le pneumatique des pillards et ses trois occupants à bord.

— Allumez les projecteurs sur la cible et actionnez la sirène, ordonne le commandant du patrouilleur à ses hommes.

— Manœuvres effectuées, mon commandant, répond un des gendarmes.

Tout à coup, la sirène du bateau perce le silence de la nuit. Le zodiac est soudainement éclairé comme en plein jour. Le Tatoué, Queue-de-Cheval et Maggie sursautent au son de la sirène et sont aveuglés par le flash de lumière. Ils voient foncer sur eux la proue du bâtiment militaire, tel un dragon lancé à leur poursuite. Pris de panique, les pilleurs manquent de tomber à la renverse.

— **Shit** ! La police, crie le Tatoué.

— Quelle poisse ! On vient juste de remonter le coffre, répond Maggie.

— Fuyons !

Le Tatoué remonte l'ancre, démarre le bateau et pousse les gaz à fond. Le zodiac fuit droit devant lui, à toute allure. Commence une course-poursuite entre les deux navires : David contre Goliath.

— Gendarmerie nationale ! Je vous somme de vous arrêter immédiatement, annonce le commandant du patrouilleur par haut-parleur.

Les malfrats n'obéissent pas à l'injonction et continuent de filer droit vers l'horizon. Sans stopper les machines, la gendarmerie maritime met à l'eau deux pneumatiques équipés de moteurs puissants. À bord de chaque embarcation, quatre gardes-côtes armés prennent place.

Les commandos filent, déterminés, à la poursuite des fuyards. La puissance de leur moteur les mène rapidement à leur hauteur. Tout en les menaçant de leurs armes, les forces de l'ordre leur font signe de se rendre. Les pilleurs ne semblent pas intimidés et continuent leur fuite en avant.

Devant leur refus d'obtempérer, les militaires changent de stratégie. Ils effectuent des queues-de-poisson à l'embarcation des pillards, dans le but de les forcer à ralentir pour pouvoir lancer un assaut. Le résultat ne se fait pas attendre, ceux-ci sont contraints de réduire leur vitesse et les commandos encerclent le bateau des fuyards de très près.

— À l'assaut, ordonne le commandant.

Aussitôt, deux hommes armés sautent sur le bateau des malfrats.

— Les mains en l'air, somme l'un des hommes de loi, en menaçant de son arme le trio.

— Ne tirez pas ! On se rend, répond le Tatoué, agacé de s'être fait prendre.

Le deuxième agent passe les menottes au Tatoué, à Queue-de-cheval et à Maggie. Une fois les malfrats hors d'état de nuire, ils fouillent chaque recoin de leur bateau pour être certains qu'il n'y ait pas d'armes cachées à bord. Au centre de l'embarcation trône un coffre en bois, encore humide de sa récente remontée des profondeurs de l'océan, où il reposait depuis très longtemps.

— Vous êtes en état d'arrestation pour pillage d'épave. C'est un délit sévèrement puni par la loi française. Ce coffre en bois et son contenu serviront de pièces à conviction à charge contre vous, lors de votre procès devant la justice, annonce le commandant.

Les trois complices restent silencieux. Escortés par les deux zodiacs de la Marine nationale, ils sont conduits à bord du patrouilleur et mis aux arrêts dans une cabine-cellule. Dès l'arrivée du bateau au port de Concarneau, le trio prendra la route pour être incarcéré directement à la prison de Brest. Dans la journée du lendemain ils seront entendus et interrogés par la police sur cette affaire.

— Allô ! Ici le commandant Kerleguen, du patrouilleur de Concarneau, pour l'inspecteur Philippe Dufour. Vous m'entendez ?

— Ici l'inspecteur Dufour. Je vous reçois cinq sur cinq. À vous.

— Les trois pilleurs ont été arrêtés. Nous avons trouvé des pièces à conviction à bord de leur navire : un vieux coffre en bois et une bouteille de verre contenant un message. À vous.

— Bon boulot Commandant. Prenez soin du coffre. C'est une pièce très importante du dossier. On se voit demain. Terminé.

L'inspecteur s'empresse d'aller porter la bonne nouvelle aux enfants consignés dans la cuisine.

— **Hourra** ! crie la bande.

— Donc le coffre existe vraiment ! Ils l'ont retrouvé… Que contient-il ? demande Julien intrigué par cette histoire.

— On aura la surprise de le découvrir demain. Un

archéologue du DRASSM a été dépêché par le ministère de la Culture afin d'expertiser les objets remontés. Il prend l'avion de Marseille à la première heure demain pour nous rejoindre. Je demanderai une dérogation pour que vous puissiez être présents. Vous le méritez, répond le policier en leur adressant un clin d'œil.

— Super ! On va pouvoir découvrir ce que contient ce fameux coffre, s'exclame Théo.

— Ne vous mettez pas trop d'idées en tête. Vous pourriez être déçus. Il n'y a peut-être rien à l'intérieur, met en garde l'inspecteur Dufour.

— Toutes ces bonnes nouvelles me donnent faim.

Tous éclatent de rire.

— On retrouve bien là notre Vince ! Il va mieux. C'est le signe qu'il a retrouvé le moral, plaisante Jeanne.

— Tant mieux, sourit l'inspecteur. Vous allez passer une nuit blanche, alors fouillez dans les placards de la cuisine, il doit bien y avoir de quoi vous restaurer. Surtout ne bougez pas d'ici. Un de mes hommes reste avec vous. Quant à moi, il me reste deux escrocs à appréhender.

— « Merde », inspecteur, crient les cinq détectives.

Le policier retourne voir ses hommes et organise l'arrestation des deux malfrats. Ils empruntent l'incroyable tunnel pour rejoindre la côte concarnoise. À peine ont-ils descendu les premiers barreaux de l'échelle que les policiers entendent le bruit d'un wagonnet.

— Tout le monde remonte, quelqu'un arrive. Planquez-vous, ordonne l'inspecteur à ses hommes.

Il s'empresse d'aller voir le policier qui surveille les ados pour lui dire de les mettre à l'abri dans une chambre et de garder le silence. Les enfants obéissent, apeurés.

— Tenez-vous prêts à intervenir à mon signal en cas de besoin, chuchote le policier à ses hommes.

Une conversation en anglais entre deux hommes se fait entendre et se rapproche, au fur et à mesure qu'ils grimpent les barreaux de l'échelle. Ils ne se doutent pas un seul instant du comité d'accueil qui les attend dans la pièce plus haut. Ils ont quitté leur planque sur la dernière information positive de leur complice : la découverte du coffre. C'est donc optimistes qu'ils débarquent dans la maison de l'île. Pourtant, ils ont à peine le temps de s'extirper du puits que les hommes de l'inspecteur les mettent en joue.

— Mains en l'air !

Les deux hommes, très surpris, manquent de tomber en arrière à la vue de tous les policiers cagoulés, armes braquées sur eux !

— *Don't shoot, don't shoot*[15] ! lance Dan.

— Déclinez votre identité, s'exclame le policier.

— Je m'appelle Dan ! Je suis Anglais et moi pas bien parler français, répond-il.

15. Ne tirez pas, ne tirez pas !

— Et vous ? s'adresse Philippe Dufour au deuxième homme, plus âgé, à la chevelure grisonnante et vêtu élégamment d'un costume trois-pièces.

— Mon nom est Sir William Mc Allister.

— Tiens donc ! Monsieur Mc Allister. Le petit-fils du malheureux Michael Mc Allister, naufragé du *Happy Ending* et auteur du vieux carnet de bord. C'est donc vous le commanditaire de toute cette affaire, constate froidement l'inspecteur.

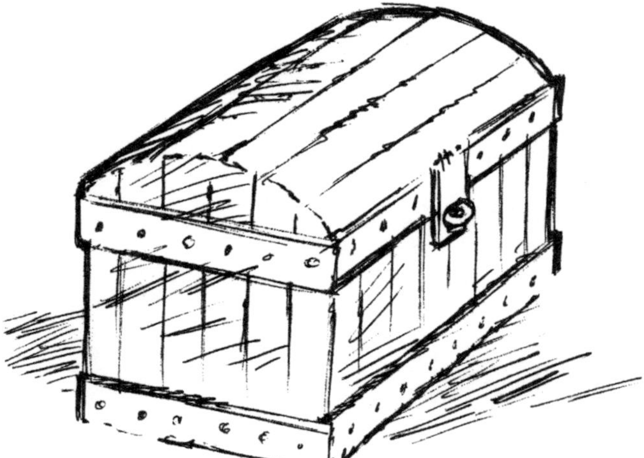

Chapitre 18

Le dénouement

Les policiers passent les menottes aux poignets des deux hommes et les regroupent avec Claude La Perche. Les enfants sortent de leur cachette et, par curiosité, viennent découvrir le visage du commanditaire.

— Vous devriez avoir honte ! Vous ne faites pas honneur à votre grand-père, lance Julien en colère à Mc Allister.

— *I don't understand. I don't speak French*[16], répond-il avec détachement.

Ian s'approche alors et lui traduit mot pour mot les paroles de Julien. L'homme lui adresse un signe d'agressivité, puis détourne la tête.

En présence des enfants et des autres policiers, l'inspecteur Dufour interroge le chef du groupe en anglais et traduit simultanément en français.

---

16. Je ne comprends pas. Je ne parle pas français.

— Pourquoi cette opération, M. Mc Allister ? Dans cette affaire vous trahissez votre aïeul, vous perdez votre notoriété et vous salissez votre nom et celui de votre ancêtre, Michael, mort lors du naufrage du *Happy Ending* le 15 avril 1912.

— Je suis un homme ruiné, Monsieur. Ma famille n'a plus de quoi vivre. Les tableaux de mon grand-père valent une fortune mais sont la propriété de la Royal Navy. Alors je me suis souvenu de ce carnet qui traîne dans ma famille depuis des générations. J'ai pensé que si ce trésor existait réellement et que je le trouvais, il pourrait nous redonner notre richesse d'antan. J'ai simulé mon enlèvement pour donner un alibi à mon départ en France. Ainsi, personne de mon entourage ne saurait que je suis allé récupérer des bijoux sur l'épave du *Happy Ending*. Pour ce faire, je me suis offert les services du meilleur réseau de pilleurs d'épaves de la planète. Mon grand-père a péri pour transporter ce coffre, alors récupérer le trésor du *Happy Ending* me semble une compensation normale.

— Mauvaise idée, M. Mc Allister. Votre grand-père était en mission pour la Royal Navy. Il n'a effectué que son travail. Malheureusement, il en est mort. Je vous le concède, c'est bien triste. Mais, ce trésor, si trésor il y a car le coffre n'a pas encore été ouvert, ne vous appartient pas. Piller les épaves est un délit sévèrement puni en France. Au nom de la loi, William Mc Allister, je vous arrête, vous et vos complices pour les délits suivants :

- Séquestration d'enfants ;
- Pillage d'épave sur les eaux territoriales françaises ;
- Utilisation à but malveillant du tunnel, propriété de l'État français ;
- Usage de fausses identités pour la location de cette maison sur l'île aux Mouettes.

Je pense que vous et vos hommes allez prendre plusieurs années de prison. Quand vous sortirez... mettez-vous à la peinture ! Peut-être avez-vous hérité du don de votre aïeul ? Ainsi vous gagnerez votre vie honnêtement, conclut ironiquement l'inspecteur.

Philippe Dufour sort un instant, le temps de passer quelques appels téléphoniques. Puis, il rejoint les enfants dans la cuisine. Le jour se lève. La nuit aura été courte et mouvementée.

— Vous allez rentrer chez vous, les jeunes. Un patrouilleur va venir vous récupérer et vous ramener à Concarneau. Les malfrats seront rapatriés avec vous, ainsi que trois de mes hommes. Pour l'instant, je dois rester poser des scellés et aider l'équipe technique, explique l'inspecteur de police au groupe de copains.

— J'en ai assez d'être ici ! lâche Vince la bouche pleine.

— Quand est-ce qu'on se revoit Philippe pour l'ouverture du coffre ? demande Julien, impatient de connaître le complet dénouement de l'histoire.

— Vraisemblablement en fin d'après-midi. Je vous promets de vous tenir au courant. En échange, promettez-moi d'aller dormir un peu dès votre retour chez vous. J'ai briefé vos parents pour ça. Vous vous expliquerez plus tard. Je peux compter sur vous ? questionne l'inspecteur.

— Promis Philippe, répond Jeanne.

— Vous aussi les garçons ?

— Oui… répondent les garçons avec un peu plus de réticence.

Les policiers profitent de la marée basse pour passer à pied le banc de sable qui sépare l'île aux Mouettes de l'île Saint-Nicolas. Le patrouilleur de la Marine Nationale vient les récupérer à la cale principale et l'inspecteur Dufour les accompagne jusqu'à l'embarquement. Deux agents restent en faction devant la maison. Un drôle de « cortège » quitte les lieux : trois bandits menottés, encadrés par des policiers armés et cagoulés, cinq enfants et un policier en civil qui marchent en file indienne sur la plage déserte du petit matin.

Quand ils atteignent l'embarcadère, le navire de la Marine Nationale est là. Le commandant se tient prêt à les accueillir sur le quai.

— Bonjour commandant. Je suis l'inspecteur Dufour de la brigade de Paris, dit-il en lui serrant la main.

— Commandant Kerguelen, de Concarneau, répond

l'autre en saluant du signe de la marine, c'est-à-dire la main droite à la hauteur de la tempe, doigts tendus et joints, paume visible, dans l'axe du bras.

— Je vous confie ces cinq enfants. De vrais héros ! Leur bravoure a permis l'arrestation de Claude La Perche, un receleur qui vient de s'échapper de la prison de Fleury-Merogis. Un mandat d'arrestation international est lancé contre lui. Sa cavale aura été de courte durée. Il aura eu la malchance de trouver sur sa route ces enfants hors du commun. Leur détermination et leur entêtement auront aussi permis de démasquer et de mettre fin au plus gros réseau de pilleurs d'épaves du monde. Depuis plus de dix ans, ils sévissent sur toutes les mers du globe et sont parfaitement organisés et équipés.

— Belle prise, félicite le commandant en approuvant d'un signe de tête admiratif la bravoure de Julien, Jeanne, Théo, Vincent et Ian.

Les présentations terminées, tout le monde embarque à bord. Il faut moins de dix minutes au patrouilleur pour mettre le cap sur Concarneau, par cette belle journée d'été qui commence. Les cinq copains, assis à l'arrière du bateau, regardent s'éloigner l'archipel de Glénan et bientôt la maison de l'île aux Mouettes n'est plus qu'un petit point à l'horizon.

En mer, le navire croise les bateaux des plaisanciers qui viennent passer une journée de détente sur les îles pour profiter des jolies plages et de la mer cristalline, sans se douter des angoissants événements qui viennent juste de s'y dérouler.

Tandis que, sur le quai de Concarneau, les familles de nos jeunes amis s'impatientent de retrouver leurs enfants, les voitures de police se préparent à accueillir une belle brochette de malfrats.

Épilogue

Il est presque 19 heures quand nos jeunes aventuriers retrouvent l'inspecteur Philippe Dufour à la gendarmerie maritime.

Après le bonheur d'avoir retrouvé leurs parents, les 5.Sets sont allés se reposer, comme promis. C'est en pleine forme qu'ils se présentent au rendez-vous.

Tout sourire, Philippe arrive à leur rencontre accompagné d'un homme d'une cinquantaine d'années, pas très grand et plutôt rondouillard.

— Je vous présente Michel Quesneville, archéologue au DRASSM. Il vient d'arriver de Marseille.

— Bonjour les enfants. Tout d'abord toutes mes félicitations, au nom de toute l'équipe du DRASSM ! Grâce à votre perspicacité et à votre témérité, on a enfin pu arrêter ces pilleurs. Ces personnes ont dépouillé de leurs richesses des centaines d'épaves. Cela fait maintenant dix années que nous les traquons sans relâche, sans jamais arriver à les coincer. Vous aurez été plus malins que nous...

Chacun leur tour, les cinq copains viennent serrer la main de l'éminent chercheur.

— Si vous le voulez bien, nous allons nous approcher des objets remontés : un coffre et une bouteille contenant un feuillet, dit l'archéologue en désignant les objets de sa main. Normalement, c'est une opération à huis clos, uniquement réservée aux membres assermentés du Drassm. Mais comme c'est grâce à vous, jeunes gens, que nous devons ce beau dénouement, le préfet maritime nous a signé une autorisation afin d'officialiser votre présence ici ce soir.

— Merci, répond Julien, intimidé par l'événement.

Les autres lui adressent un large sourire qui en dit long sur leur fierté d'être là. Ils avancent vers le scientifique. Le coffre est devant eux, plongé dans un bac d'eau. Ce qu'il paraît vieux ! S'il pouvait parler, il raconterait sûrement tout sur les événements de cette fameuse nuit du 15 avril 1912... Deux photographes professionnels sont présents pour immortaliser le moment.

Julien et ses amis sont émus. Ce coffre, qui est la raison du voyage du *Happy Ending* vers New York en ce dimanche de 1912, est le seul rescapé de la mission. Tous les marins du *Happy Ending* ont péri en mer. Le propriétaire du coffre a disparu lui aussi, le même jour, mais lui à bord du *Titanic*.

— Quelle histoire malheureuse, déclare Vincent.

— Le *Happy Ending* portait mal son nom, chuchote Jeanne à ses amis.

— Tout le monde est prêt à procéder à l'ouverture du coffre ? demande l'inspecteur en interrogeant le public du regard. Alors, allons-y.

Michel Quesneville s'approche du coffre et le retire de l'eau. Il le pose délicatement sur une table attenante. À l'aide d'une pince, il fait céder la serrure. L'émotion est à son comble. Les témoins de la scène sont concentrés au maximum. Tous attendent ce moment avec impatience.

— Tenez-vous prêts, Messieurs les photographes, je vais ouvrir le coffre, annonce l'archéologue.

À ces mots, les photographes vérifient que le coffre est uniformément éclairé et sans ombres par leurs spots de lumière. Pour éviter de bouger lors des prises de vues, les appareils photo sont fixés sur des trépieds de part et d'autre de la table.

— Nous sommes prêts.

Les mains gantées de M. Quesneville soulèvent précautionneusement le couvercle du coffre. Toute l'assemblée retient son souffle. À l'intérieur, apparaît une pochette en cuir très abîmée par l'eau de mer. Sous la pochette, se trouve une feuille de papier jaunie et humide, avec en entête le logo du *RMS Titanic*. Michel Quesneville commence par lire la lettre tapée à la machine en anglais et la traduit en même temps :

« En date du 8 avril 1912

Le directeur de la compagnie RMS Titanic

Au commandant du Happy Ending.

Mon commandant, je vous confie par sécurité les biens précieux de Lord Ernest Joseph Douglas. Cet homme voyagera à bord du Titanic *en compagnie de son épouse et de ses deux enfants pour New York. La compagnie* RMS Titanic *se remet à votre service pour assurer la sécurité et le bon acheminement de ces biens prestigieux après avoir eu connaissance de l'identité, peu recommandable de certains passagers de troisième classe qui voyageront à bord du* Titanic. *Votre bâtiment militaire appareillera pour New York quatre jours avant le départ du* Titanic *de Southampton. Je compte sur la discrétion de la Royal Navy pour garder le secret sur la nature de votre cargaison. Lord Douglas n'est pas au courant de notre initiative de sécurité envers ses biens.*

Bon voyage, bonne traversée. À bientôt à New York.

Le Directeur de la compagnie RMS Titanic. »

Toutes les personnes présentes à la lecture de la lettre sont conscientes de vivre un moment unique et historique. Un silence pesant s'installe. Seul le cri des goélands vient soudainement briser cette tension palpable.

— Je vais maintenant ouvrir la pochette de cuir, dit Quesneville.

L'archéologue ouvre la pochette et en ressort une trentaine de pierres précieuses qui scintillent de mille éclats, comme si elles avaient attendu leur délivrance toutes ces années. Elles sont immédiatement posées dans un écrin.

— **Waouh** ! Elles sont juste magnifiques. On dirait qu'elles nous remercient de les avoir trouvées, lance Jeanne, impressionnée par tant d'éclat.

— *Beautiful*[17] ! rajoute Ian émerveillé.

Quesneville s'empare alors de la bouteille de verre. On aperçoit à l'intérieur un papier chiffonné.

— Nous allons ôter le bouchon et récupérer, à l'aide d'une pince, le papier qui se trouve à l'intérieur, explique l'archéologue à l'assemblée.

Il s'exécute et récupère facilement le papier. Il le déroule et aperçoit un petit texte.

— Il y a un message. L'écriture est maladroite, ces lignes ont dû être écrites dans la précipitation.

— Incroyable ! Qui a bien pu écrire ce message ? interroge Julien, subjugué par cette bouteille à la mer.

— On va vite le savoir, répond Théo, tout aussi fasciné.

— Je vais maintenant vous lire le texte qui est rédigé comme la précédente, en anglais.

---

17. Magnifiques !

« À ma famille
Nous avons essuyé une effroyable tempête.
Nous dérivons depuis deux jours.
Le navire prend l'eau de toute part.
Je vais sans doute périr noyé.
À ma femme et mon fils tant aimés,
Je vous aime et que Dieu vous garde.
Michael Mc Allister. »

Ces quelques mots de Mc Allister à titre posthume glacent le sang de l'assemblée. Des larmes coulent sur le visage des enfants. Cet homme courageux a trouvé le moyen de laisser un message à sa famille. Hélas, ils ne l'auront jamais eu.

— Le pauvre homme ! S'il savait que son petit-fils l'a trahi, dit Théo peiné pour lui.

— Quelque part, c'est aussi grâce à William qu'on a retrouvé le trésor et le message, renchérit Vince.

— S'il ne nous avait pas séquestrés, il aurait pu s'en tirer à bon compte, répond Jeanne.

Michel Quesneville reprend la parole :

— Voilà ! Le coffre du *Happy Ending* a délivré tous ses secrets, annonce l'archéologue. La suite des événements va être la suivante…

Le chercheur n'a pas le temps de terminer sa phrase qu'une femme de son équipe l'interrompt et lui chuchote à l'oreille. Après quelques instants, il reprend la parole.

— Mesdames, Messieurs, mon assistante vient de vérifier la liste officielle des survivants du *Titanic*. J'ai le plaisir de vous informer qu'il existe des descendants de Lord Douglas Ernest Joseph, propriétaire des bijoux. En effet, sa femme et ses deux enfants faisaient partie des rescapés du *Titanic*. Dès notre retour dans nos bureaux de Marseille, nous enquêterons pour retrouver leurs héritiers et nous espérons, 104 ans plus tard, leur rendre en mains propres les biens précieux de leur aïeul disparu, annonce Michel Quesneville.

Toute l'assemblée présente applaudit longuement la bonne nouvelle.

— **Ouais** ! crie toute l'équipe de joie.

— Nous avons fait arrêter des malfrats et avons donné la possibilité à des personnes de retrouver des biens disparus ! Je suis fier de nous, s'exclame Théo.

— Tu imagines leur réaction quand les héritiers vont apprendre la nouvelle ? interroge Julien.

— Ils vont devenir millionnaires d'un seul coup !

Tous se font un check alambiqué en guise de victoire.

— J'ai une autre nouvelle à annoncer, ajoute Michel Quesneville. Jeanne, Julien, Théo, Vincent et Ian vous serez invités à venir restituer à la famille du disparu le contenu du coffre. Votre voyage sera entièrement pris en charge par le DRASSM en remerciement de votre implication dans l'arrestation des pilleurs d'épaves. Encore une fois, toutes mes félicitations les enfants.

Tout le monde applaudit. Une vraie *standing ovation.* Les parents restés en retrait sont impressionnés et fiers de leurs ados.

— Avec de la chance, ce sera dans mon pays, aux États-Unis, dit Ian, heureux de penser qu'ils vont se revoir après les vacances.

— Oui ! Ça va être génial, répond Jeanne bouleversée par l'annonce faite par M. Quesneville.

— Je suis heureux ! En fin de compte... l'histoire du *Happy Ending* a un beau dénouement, dit Julien avec un léger sourire.

Le lendemain matin la presse locale titre : « *Superbe arrestation de malfrats internationaux, grâce à une bande de copains de 12 ans.* » Un long article les met à l'honneur, relatant tous leurs exploits. C'est sûr, à la rentrée, au collège, ils vont en faire, des envieux ! Mais pour l'instant, place aux vacances tranquilles...

Table des matières

DOSSIER CONFIDENTIEL

Complot sur l'Open

pièce à conviction n° 1

L'Open de tennis, c'est l'événement sportif de l'année ! Théo et ses amis y sont ramasseurs de balles aux côtés des pros. Mais c'est sans compter deux juges de ligne très louches qui complotent un mauvais coup.

Les Pilleurs d'épaves

En vacances à la mer, les 4.sets aperçoivent des individus très louches, équipés de bouteilles d'oxygène et de combinaisons de plongée, disparaître dans un passage secret...

pièce à conviction n° 2

pièce à conviction n° 3

Affaire Pélican à Miami

Les 4.sets sont en Floride ! Un séjour de rêve qui tourne à l'enquête policière menée tambour battant. Le contenu d'un coffre précieux s'est volatilisé...

pièce à conviction n° 4

Placez Théo et ses amis sur le pont d'un paquebot en croisière et l'aventure démarre... Sur fond de merveilles orientales, les 4.sets s'attaquent à un véritable trafic international d'œuvres d'art.

Le Trésor de la mer Rouge

Mystère au manoir

Les 4.sets jouent à domicile pour cette nouvelle enquête sur un mystère irrésolu. Il y est question d'injustices à réparer et d'œufs qui ne se cassent pas mais qui, dérobés, réapparaissent au plus mauvais moment...

pièce à conviction n° 5

L'AUTRICE

Christine LE DÉROUT

* Passionnée de sport et de voyages
* Adore s'évader dans l'imaginaire
* Vit à Quimper (29) ! (adresse en cours de recherche)
* A créé 4 jeunes héros connectés, qui n'ont pas froid aux yeux ! Sont copains depuis les courts de tennis

→ les 4.sets

Impression : CPI Firmin Didot (156521)
Dépôt légal : 1er trimestre 2016